KB016360

이바라기
노리코 선집

다니카와 슌타로 엮음 | 조영렬 옮김

AK

일러두기

1. 외래어의 우리말 표기는 기본적으로 국립국어원의 외래어표기법에 따른다.

2. 각주는 별도 설명이 없으면 모두 역자주이다.

3. 대담은 시집『이바라기 노리코茨木のり子』(가신샤, 1985)에서 가져온 것이며 간략연보는『이바라기 노리코 전시집茨木のり子全詩集』에 실린 것이다.

앳됨

이바라기 노리코의 시를 고르는 것이 어려운 일은 아니었습니다. 좋아하는 작품과 그렇지 않은 작품이 제 마음 속에 이미 정해져 있었기 때문입니다. 세간의 평이 높은 작품이더라도 제 눈으로 보아 대표작으로 삼기에 부족하다고 생각되면 고르지 않았는데, 시에 대한 호오는 비평과는 또 다른 차원에 있는 것이므로 저 말고 다른 독자의 의견에 귀를 기울여 다시 고른 작품도 있습니다.

이바라기 씨의 시업詩業은 돌아가신 뒤에 공표된 『세월』을 통해 성취되었다고 저는 생각하고 있습니다. 이전 작품 가운데에도 수많은 빼어난 작품이 있습니다만 그것들은 어느 쪽인가 하면 독자의 지성에 호소하는 것이 많고, 오히려 이바라기 씨에게 내재된 산문정신이 시의 형태를 빌리고 있는 것처럼 제게는 보입니다.

『세월』에 수록된 작품에는 좀 더 날것의 이바라기 씨가 숨쉬고 있습니다. 천하국가를 향해 있었던 눈이 사랑하는 한 명의 남성에게 향해졌을 때 '나私'를 끌어안음으로써 이바라기 씨의 '공公'은 더욱 깊고 커졌다고 생각합니다.

무슨 말이든 할 수 있는 친숙한 사이였으므로 때때로 저는 쓴소리를 했습니다. 예를 들면 유명한 「내가 가장 예뻤을 때」의 다섯 번째, 여섯 번째, 마지막 절은 없는 편이 좋다든지, 「기대지 않고」보다 「오우메 가도青梅街道」쪽이 좋다든지. 이바라기 씨는 불만스런 표정을 지으면서도 순순히 들어 주었습니다.

그 오우메 가도를 우리집에서 서쪽으로 20분 쯤 차로 달려 몇 번이나 이바라기 댁을 방문했습니다. '시대에 뒤떨어진 것'을 즐기고 있는 듯한 고요한 실내에서, 벌써 할머니일 텐데도 이바라기 씨는 언제나 앳되었습니다.

2013년 12월 다니카와 슌타로[1]

---

1) 이 시집에 실린 시를 고른 다니카와 슌타로(谷川俊太郎)는 1931년에 도쿄에서 태어났고, 1950년 『문학계(文學界)』에 시를 발표, 1952년 시집 『20억 광년의 고독』을 간행하여 높은 평가를 받았다. 그 뒤 시작 외에 그림책, 에세이, 번역, 각본, 작사 등 폭넓게 작품을 발표했다.
다니카와는 이바라기와 함께 『노(櫂)』의 동인으로 활동했으며 이바라기의 시에도 종종 등장하는 인물이다.

차례

앳됨 3

『대화』(1955)────────────────

혼 12
네부카와의 바다 14
대화 17
은밀하게 18
무사수행 21
속부터 썩는 복숭아 23
아이들 26
어떤 날의 시 28
더욱 강하게 31
준비한다 34

『보이지 않는 배달부』(1958)────────

작은 소녀는 생각했다 38
보이지 않는 배달부 40
적에 대하여 43
반짝반짝 빛나는 다이아몬드같은 날 46
악동들 49
6월 53
내가 가장 예뻤을 때 54
바보같은 노래 57
처음 가는 마을 59
대학을 나온 부인 62
화낼 때와 용서할 때 64

『진혼가』(1965)

꽃 이름	68
여자아이 행진곡	75
도미	77
다 큰 사내를 위한 자장가	79
책의 거리에서	81
칠석	87
류롄런 이야기	91

『이바라기 노리코 시집』(1969)

절대 의심하지	124
호야 이야기	128
하고 싶지 않은 말	132
앞지르기	134
목매어 죽은 사람	136

『인명시집』(1971)

되풀이되는 노래	140
다이코쿠야 양복점	142
남매	145
임금님의 귀	148
젓가락	152
선술집에서	155
앎	158
호랑이 새끼	160

『제 감수성 정도는』(1977)

시집과 자수	166
파도소리	168
제 감수성 정도는	169
존재의 비애	171
오우메 가도	173

두 명의 미장이   176
얼굴   178
나무 열매   180
사해파정   182

『촌지』(1982)————————————————

몇 천 년   186
차가운 맥주   188
쓴맛   190
웃어   193
듣는 힘   197
방문   199
떠들썩한 와중의   201
뒤처진 자   203
촌지   205

『이바라기 노리코』(1985)————————————

활자를 떠나   212
혼자 있는 흥겨움   213
호수   215

『식탁에 커피 향 흐르고』(1992)————————

그 자식   218
방   219
발자국   221
벚꽃   223
대답   225
어떤 존재   228
총독부에 갔다 올게   230
사행시   232

『기대지 않고』(1999)

나무는 여행이 좋아	236
그 사람이 사는 나라	238
지방의 노래	241
쉼터	243
구닥다리	247
웃는 능력	250
피카소의 부리부리한 눈	253
물의 별	256
기대지 않고	258

『말의 잎 3』(2002)

행방불명의 시간	260
풀	263

『세월』(2007)

그 때	266
꿈	267
5월	269
독경소리	270
길동무	272
역	274
부분	276
밤의 정원	278
사랑노래	281
단 한 사람	282
서두르지 않으면	283
익숙해지다	284
(존재)	286
옛 노래	287
세월	289

그러모은 시 ─────────────

씩씩한 노래 292
3월의 노래 296
6월의 산 297
5월의 바람은 299
4월의 노래 300
산장의 스탬프 301
그것을 선택했다 302
통과해야만 하는 304
두려워하지 않는다 306
그 명칭 309
시 311
귤나무 313
밀짚모자에 315
등 317

대담과 해설 ─────────────

≪대담≫ 아름다운 언어를 찾아서 320
물소리 높게 - 해설을 대신하여 380

역자 후기 406
이바라기 노리코 간략연보 413

『대화』(1955)

혼

당신은 이집트의 왕비처럼
늠름하게
동굴 속에 앉아 있다

당신에게 봉사하기 위해
내 발은 쉴 줄을 모른다

당신에게 아첨하기 위해
갖가지 허식虛飾으로 가득한 공물을 훔쳤다

하지만 나는 한 번도 보지 못했다
어둡고 푸른 당신의 눈동자가
호수처럼 미소짓는 것을
수련처럼 벌어지는 것을

사자 대가리가 새겨져 있는
거대한 의자에 자리를 차지하고

혹단색으로 빛나는 피부
때때로 나는 초를 들고
당신 슬하에 무릎꿇는다

용마루장식   시리우스가 빛을 발하고
                  시리우스가 빛을 발하고
당신은 언제나 눈동자를 들지 않는다

미칠 듯 공허한 문답과
형이상학적인 방랑이 다시 시작된다

아주 가끔…
나는 손거울을 쥐고
당신의 비참한 노예를 그 속에서 본다

지금 여전히 〈나〉를 살지 못하는
이 나라 젊은이의 얼굴 하나가
거기에
불을 품은 채 얼어 있다

네부카와의 바다

네부카와根府川
도카이도의 작은 역
붉은 칸나가 피어 있는 역

듬뿍 영양을 섭취한
커다란 꽃 저편에
언제나 새파란 바다가 펼쳐져 있다

중위하고의 연애이야기를 들으면서
친구와 둘이서 여기를 지난 적이 있다

흘러넘칠 듯한 청춘을
배낭에 쑤셔넣고
동원령을 호주머니에 넣은 채
흔들리며 갔던 적도 있다

맹렬히 불타는 도쿄를 뒤로 하고
네이블 오렌지 꽃 하얗게 핀 고향에
도착했을 때도
너는 있었다

키가 큰 칸나 꽃이여
고요한 사가미의 바다여

앞바다에 빛나는 파도 한 자락
아아 그러한 빛남과 닮은
십 대의 세월
풍선처럼 사라졌다
무지하고 순수하고 보람없던 세월
잃어버린 단 하나의 보물상자

호리호리하고
어리고
나라를 꽉 부둥켜안고
눈썹을 치켜 뜬

청색 작업복 시절의 작은 나를
네부카와의 바다여
잊지는 않았겠지?

여자의 연륜을 더하면서
다시 나는 통과한다
그때로부터 8년
오로지 대담한 마음을 기르며

바다여

너처럼
엉뚱한 쪽을 바라보면서…

대화

네이블 오렌지 나무 아래에 서 있으니

하얀 꽃들이 짙은 향기를 내뿜고
사자좌의 큰 별이 선명하게 반짝였다
냉정한 젊은이처럼 호응하며

땅과 하늘이 기이하게 의지를 교환하는 것을 보았다!
온몸을 흐르는 전율의 아름다움!

깍두기 취급을 받던 소녀는 방공용 두건을
쓰고 있었다, 이웃마을의 사이렌이
아직 울리고 있었다

그만큼 깊은 질투는 그 뒤에도 찾아오지 않았다
대화의 습성은 그날 밤 시작되었다.

은밀하게

입춘 전날의 콩[1] 은

옛날

정글에까지 뿌려졌지만

높은 파도

를 끝까지 지켜본 자는 없었다

사막을 갔던 자는 사막

수마트라 여인을 안은 자는 허리에만 올라탔고

인도네시아의 경련은 알지 못했다

버드나무 거리를 갔던 자는 날리는 솜털

쿨리의 눈동자 색깔은 알지 못했다

모두 축 늘어진 채 돌아왔다

삭삭 빗질해서 한 데 모이게 하니

---

1) 일본에서는 입춘 전날 볶은 콩을 뿌려 악귀를 쫓았다.

그 안에 한 톨의 에드거 스노조차 섞이지 않고

　　떡갈나무 같은 젊은이를 광야에 잠들게 하고
　　탄력있는 아킬레스건을 해저에 묶어두고
　　엄청난 죽음의 보석을 낭비하여
　　마침내
　　영원의 한 조각도 훔칠 수 없었던 민족이여

청맹과니는 모여
졸리는 듯 커피를 마시고
괭이를 메고
비둘기 한 마리도 날리지 못하는
서푼 짜리 마술사 일행에게
까닭 없이 꽃을 던지거나 했다

오오 멀리
파피루스로부터 전해진
방대한 역사책에
또 하나의 후렴을 추가
낡아빠진 후렴만을?

포도주의 고요함으로

심야

내 귓가를 물들여오는
이 뜨거운 것은 무엇인가!

무사수행

비구름 날고
거무칙칙한 바람 펄럭이는 광야
태풍은 몇 개 지나갔던가…
다시 무사수행이 유행하는 계절
단련된 보도寶刀를 품고
한뎃잠을 자는 부평초의 범람

일찍이 선조들 관직을 위한 방랑
우리들 지금, 온갖 군주를 버리는 여행길
사람과 사람의 사이는
천 길 골짜기
현기증 나는 적막를 견디며
끝없는 하늘과 겨루다 보면
어둡고 어두운 불꽃이 튀었다
타오를듯 타오르지 않는
부싯돌의 불처럼

밤중

언덕에 올라

멀리 바라보니

무수한 저들의 섬광도 보인다

차갑고

답답한

불길한 진통의 경련처럼

봉화

저편에 올랐다 꺼지고

암호를 알지 못한 채

저편에 봉화 올랐다 꺼지고

미친 새의 추락!

늪은 격렬하게 고요를 지킨다

이 섬에 처음으로 부화하는 심해어 새끼들!

오관五官에 스스로의 등불을 켜서

들불의 꿈을 거절하라!

속부터 썩는 복숭아

단조로운 생활을 견디는 것
낙숫물처럼 단조로운…

연인 끼리의 키스를
주의 깊게 성숙시키는 것
일생토록 맛봐도 질리지 않을
맛있는 남쪽의 과일처럼

대머리독수리의 투쟁심을 감추기 위해 도전하는 것
언제나 언제나 엉덩방아를 찧으면서

사람은
분노의 화약을 눅눅하게 해서는 안된다
진정 제 이름으로 서는 날을 위하여

사람은 훔치지 않으면 안된다
항성과 항성 사이에 빛나는 우정의 비전秘傳을

사람은 탐색하지 않으면 안된다
광맥을 찾는 이처럼 집요하게

⟨매몰되어 있는 것⟩을
한 사람에게만 어울리게 준비된
⟨생의 의미⟩를

그것들은 아마
무서운 것을 포함하고 있을 것이다
만취한 자의 손에 들린 총을 잡는 것보다 훨씬!

견디지 못하고 사람은 움켜쥔다
가짜 돈을 움켜쥐듯
헛되어 유통되는 것을 움켜쥔다

속부터 언제나 썩어드는 복숭아, 평화

나날이 실격하고
나날이 탈락하는 악동에 의해

세계는

괴멸의 꿈에 처하고 마는 것이다.

아이들

아이들이 보는 것은 언제나 단편斷片
그것만으로는 아무런 의미도 되지 않는 단편
가령 아이들이 보았다 하더라도
어른들은 안심하고 있다
아무 것도 알지 못하는 걸, 그것만으로는

그러나
그것들 하나하나와의 만남은
멋지고 신선하므로
아이들은 오래 기억에 남겨두고 있다
기쁨이었던 것, 놀랐던 것
신비한 것, 흉한 것 따위를

청춘이 폭풍처럼 우르르 덮쳐오면
아이들은 쓰러지면서
문득 모든 기억의 실을 잣기 시작한다
그들은 그들의 고블랭 태피스트리를 짠다

그 때
아빠와 엄마, 교사와 조국 등이
바다뱀과 독초, 깨진 항아리, 일그러진 얼굴의
이미지로, 조그맣게 형상화된다면
그것은 역시 슬픈 일이 아닐까

어른들이
절대로 방심하지 말아야 할 것은
무엇보다 먼저, 주변을 달리는 아이들
지금은 그저 과자만을 노리고 있는
이 다람쥐들인 것이다

어떤 날의 시

역 벤치에 걸터앉는다
작은 도회 해질녘

당근과 통조림과 셀러리로 묵직한
장바구니를 들고
오가는 사람들을 바라본다

비애를 반딧불처럼 감싸고 서둘러 집을 향하는 노인
달그락달그락 쉰 도시락상자를 울리며
전차에 올라타는 젊은 인부

갓 자른 달리아, 우체국 아가씨

오로지 공학 책에 몰두한 근시의 학생
그에게는 소음도 매미소리
도가쿠시[2]의 숙방宿坊에라도 있을 법한, 정적

2) 도가쿠시산(戸隱山)은 수험도(修驗道)로 유명한 산이다. 수험도는 산에서 수행하여 깨
달음을 얻으려 하는, 예부터 내려온 산악신앙이 불교와 결합한 일본의 종교이다.

유카타[3] 를 걸치고

7월 칠석 대나무거리[4] 에서 신나게 떠드는 흑인

아아 산적도 나타났다!

뭐든 잡아채는 재빠른 눈

닳도록 낡은 나막신을 신은 주부가

인생의 절단면이 쩍 입을 벌리고

진주처럼 희미하게 빛나는 것을

예기치 않게, 엿보기도 한다

그들 마음에 남은 사람들의 어깨를

나는 툭 칠 수가 없다

소박한 산 사나이처럼은…

사랑을 약숫물처럼

담담하게 흘려내지 못했던 회한으로 인해

나는 밤에 책상을 마주한다

---

3) 유카타(浴衣)는 목욕 후 또는 여름철에 입는 무명 홑옷이다.
4) 일본에서는 칠석에 소원을 적어 대나무에 매달아 장식하는 풍습이 있다.

알지 못하는 사람에게

상냥한

좋은 편지를 쓸 셈이었으나

펜은

어느새

모질고 박정한 문구를 낳고 있다.

더욱 강하게

더욱 강하게 빌어도 좋은 것이다
우리는 아카시 도미5)가 먹고 싶다고

더욱 강하게 빌어도 좋은 것이다
우리는 몇 종류나 되는 잼이
언제나 식탁에 있었으면 한다고

더욱 강하게 빌어도 좋은 것이다
우리는 아침해가 비치는 밝은 부엌이
갖고 싶다고

닳아빠진 구두는 깨끗이 버리고
상큼한 소리가 나는 새 구두의 감촉을
좀 더 자주 맛보고 싶다고

---

5) 아카시(明石) 해협에서 난 도미. 맛이 좋기로 유명하다.

가을, 여행에 나선 사람이 있으면
윙크로 보내주면 되는 것이다

어째서일까
위축되는 것이 생활이라고
믿어버렸던 마을과 동네
눈꺼풀을 치켜뜬 집집마다의 차양

어이, 작은 시계방 아저씨
굽은 어깨를 펴고, 당신은 소리쳐도 좋은 것이다
올해도 결국 여름 장어[6] 를 먹지 못했다고

어이, 작은 낚시가게 아저씨
당신은 소리쳐도 좋은 것이다
나는 아직 이세伊勢 바다를 보지 못했다고

여자가 갖고 싶으면 빼앗아도 좋은 것이다
남자가 갖고 싶으면 빼앗아도 좋은 것이다

---

6) '여름 장어'의 원어는 '土用の鰻'이다. 여름의 도요(土用) 중(입추 전 18일) 12간지가 축인
날에 장어를 먹으면 여름을 타지 않는다고 한다.

아아, 우리들이

더더욱 탐욕스러워지지 않는 한

아무 것도 시작되지 않는 것이다.

준비한다

　〈옛날에는 사람과 사람 사이에
　　따뜻한 공감이 흐르고 있었던 말이지〉
　조금 나이 들어 분별없는 사람들이 말한다

　그렇다
　확실히 방공호 안에서
　모르는 사람들과 쓰디 쓴 빵을
　나누었고
　끈적끈적하게
　아무하고라도 손을 잡고
　불길 아래에서 이리저리 도망쳤다

　약자의 공감
　구더기의 공감
　살육으로 이어진 공감
　결코 그리워하지는 않으리라
　우리들은

쓸쓸한 계절

열매맺지 못하는 시간

끊어질듯 말듯 띄엄띄엄했던 시절이

우리들의 시절이라면

나는 친애의 키스를 한다, 그 이마에

불모不毛야말로 풍성함을 위한 〈무언가〉

격렬하게 시험당하는 〈무언가〉인 것이다

태풍이 지난 자리를 수습하듯

과일나무 주변을 돌듯

밭을 깊이 일구듯

우리들은 준비한다

오랜 우회, 긴 정체를 견뎌내고

잊혀진 사람

잊혀진 책

잊혀진 괴로움들도 불러서

많은 일을 묵묵하게

우리들 모두가 떠나버린 뒤에
깨어난 아름다운 인간과 인간의 공감이
향기 드높이 꽃피운다 하더라도
우리들의 피부는 이미 그것을
느낄 수 없을 것이라 하더라도

어쩌면 끝내 그런 것은
탄생할 수 없을 것이라 하더라도

우리들은 준비하는 일을
그만두지 않을 것이다
참된 죽음과
        삶과
        공감을 위하여.

『보이지 않는 배달부』
(1958)

작은 소녀는 생각했다

작은 소녀는 생각했다
결혼한 여자의 어깨는 왜 저렇게 향기로운 걸까
물푸레나무처럼
치자나무처럼
결혼한 여자의 어깨에 얹힌
저 옅은 안개와도 같은 것은
무엇일까?
작은 소녀는 자기도 그것이 갖고 싶다 생각했다
어떤 아름다운 딸에게도 없는
아주 멋진 어떤 무언가…

작은 소녀가 어른이 되어
아내가 되고 엄마가 되고
어느 날 문득 알아차렸다
결혼한 여자의 어깨에 내려앉은
저 부드러운 것은
하루하루

사람을 사랑하는 데서 오는

단순한 피로였음을

보이지 않는 배달부

I

3월, 복숭아 꽃이 열리고
5월, 등나무꽃이 일제히 흐드러지고
9월, 포도시렁에 포도가 묵직하고
11월, 파란 밀감은 익기 시작한다

땅밑에는 조금 멍청한 배달부가 있어
모자를 슬쩍 걸치고 페달을 밟고 있을 것이다
그들은 전한다, 뿌리에서 뿌리로
쉬이 지나가는 계절의 마음을

온세상의 복숭아나무, 온세상의 레몬나무에게
모든 식물들에게
수많은 편지, 수많은 지령
그들도 허둥댄다, 특히 봄과 가을에는

완두꽃이 피는 때나

도토리열매가 떨어지는 때가

북쪽과 남쪽이 조금씩 어긋나는 것도

틀림없이 그 탓이리라

가을이 차츰 깊어져가는 아침

무화과를 따고 있자니

고참 배달부에게 야단맞고 있는

서툰 아르바이트들의 기척이 느껴졌다

　　　Ⅱ

3월, 히나아라레[1]를 썰고

5월, 메이데이 노래 거리에 흐르고

9월, 벼와 태풍을 흘겨보고

11월, 수많은 젊은이와 아가씨가 혼례를 올린다

---

1) 히나아라레(雛あられ)는 3월 3일의 히나마쓰리에 차려 놓는 과자이다. 찐 참쌀을 말려서 볶고, 설탕을 뿌리고 가열하면서 풀어서 말린 것이다.

땅위에도 국적불명의 우체국이 있어
보이지 않는 배달부가 아주 성실히 달리고 있다
그들은 전한다, 사람들에게
쉬이 지나가는 시절의 마음을

온세상의 창들에, 온세상의 문들에
모든 민족의 아침과 밤에
수많은 암시, 수많은 경고
그들도 허둥댄다, 전쟁 후 황폐해진 땅에서는

르네상스의 꽃이 피는 때나
혁명의 열매가 맺히는 때가
북쪽과 남쪽이 조금씩 어긋나는 것도
틀림없이 그 탓이리라

미지의 해年가 밝는 아침
가만히 눈을 감으니
허무를 비료로 삼아 피어나려 하는
인간의 꽃들도 있었다

적에 대하여

나의 적은 어디에 있나?

　당신의 적은 그것입니다
　당신의 적은 저것입니다
　당신의 적은 틀림없이 이것입니다
　우리 모두의 적은 당신의 적이기도 합니다

아아 그 답의 상쾌함, 명쾌함

　당신은 아직 알지 못하는 것입니까
　당신은 아직 진정으로 생활하는 자가 아니다
　당신은 보아도 보이지 않는 사람이에요

어쩌면 그럴지도 모른다 적은 …

적은 옛날처럼 갑옷을 입고 말을 타고
튀어나오는 것이 아니다
현대에는 계산자와 고등수학과 데이터를
구사하여 산출되는 것이다

하지만 웬일인지 그 적은
나를 분발하게 만들지 않는다
달려들면 또 그저 미끼이거나
우리편이거나 해서…그런 염려가

    게으름뱅이
    게으름뱅이
    게으름뱅이
    너는 평생 적을 만날 수 없다
    너는 평생 살고있는 것이 아니다

아니 나는 찾고 있는 걸, 나의 적을

    적은 찾는 것이 아니다
    빈틈없이 우리를 둘러싸고 있는 것

아니 나는 찾고 있는 걸, 나의 적을

　적은 기다리는 것이 아니다
　나날이 우리를 침범하는 것

아니 해후하는 순간이 있다!
나의 손톱도 이도 귀도 손발도 머리카락도 곤두서서
적! 이라고 외칠 수 있는
나의 적! 이라고 외칠 수 있는
하나의 만남이 반드시 있다

반짝반짝 빛나는 다이아몬드같은 날

짧은 생애
아주 아주 짧은 생애
60년인가 70년

농사꾼은 얼마만큼 모내기를 하는 것일까
요리사는 파이를 얼마만큼 굽는 것일까
교사는 똑같은 내용을 얼마나 말하는 것일까

아이들은 지구의 주민이 되기 위해
문법이나 산수나 물고기의 생태 따위를
잔뜩 머리에 때려넣는다

그리고 품종 개량이나
부당한 권력과의 싸움이나
부정한 재판에 대한 공격이나
울고 싶을 듯한 잡무나
바보같은 전쟁의 뒤처리를 하며

연구나 정진精進이나 결혼 따위가 있고
자그마한 애기가 태어나거나 하면
생각하거나 좀 더 다른 자신이 되고 싶은
욕망 따위는 이미 사치품이 되어버린다

세계에 이별을 고하는 날에
사람은 일생을 돌아보며
자신이 진짜로 살았던 날이
너무나 적었다는 사실에 놀라리라

손으로 꼽을 정도에 불과한
그 나날에는
연인을 처음으로 일별한
날카로운 섬광 따위도 섞여 있으리라

〈진짜로 살았던 날〉은 사람에 따라
확실히 다르다
반짝반짝 빛나는 다이아몬드같은 날은
총살의 아침이었거나
아틀리에의 밤이었거나

과수원의 한낮이었거나

새벽의 스크럼이었거나 했던 것이다

악동들

봄방학의 악동들

심심해서

우리집 벽에 돌을 던진다

돌은

낡은 벽을 관통하여 유리창에 명중한다

생각건대

꺄 소리지르며 뛰어나오는 내 모습을

보기 위한 장난

벚나무에서 정찰병 꼬마가

슬슬 도망치는 것도 목격했다

꽃도둑이라거나 서리 정도면 귀여운 짓이지만

어느 날

드디어 일당 세 명을 붙잡았다

　학교 이름을 대세요! 몇 학년?

　누가 한 거지?

　너네들 집 어디니?

　너네 엄마한테

꼭 할 말이 있어!

일당은 고집스레 입을 다물고
도망친 주모자를 감싸고 있다
그들에게는 그들의 규칙이 있고
침묵은 저항운동의 동료처럼 완벽했다
나의 외침에 뻔뻔한 웃음을 짓는 것을 보니
빡빡하게 고문해서라도
자백을 받아내고 싶다고 마음에 잔물결이 인다

알제리!
악취가 훈풍에 실려온다
우리 청춘의 날에 노래했던 프랑스의 혼은
십수년만에 녹슬어 버린 것인가!
　경찰 아저씨 부른다
　는 한 마디를 꾹 참고
　깨진 창을 수리하러
　나는 얼굴을 붉히며 발길을 돌린다

다음날은 전법을 바꾸었다

벽에 돌이 울리는 시각

나는 정말로 상냥한 마음을 먹고 나갔다

   너네들 그러지 말아라 좀

   너네 집 벽에 그렇게 하면

   곤란하겠지

   유리창이 깨지면 정말 곤란하단다

유리창은 이미 유리창이 아니라

미묘하고 이상한 인간의 권리 자체의

떨림이다

아이들은 '응'이라 한다

상냥한 말로 사람을 정복하는 것은

얼마나 어렵고 힘든 일일까

악동 멤버는 매일 바뀐다

나는 매일 나가야만 한다

원시용 안경을 밀어올리면서

비누거품 투성이가 되면서

야채용 식칼을 쥐거나 한 채

벽 너머 저편

해질녘 쯤에는
모기떼처럼 몰려다니는 아이들의 광장에

6월

어딘가 아름다운 마을은 없는가
하루 일이 끝나면 흑맥주 한 잔
괭이를 세워두고, 바구니를 내려두고
남자도 여자도 커다란 맥주잔을 기울이는

어딘가 아름다운 거리는 없는가
먹을 수 있는 열매가 달린 가로수가
어디까지고 이어지고, 노을 짙은 해질녘에
젊은이가 상냥하게 떠드는 소리로 흘러넘치는

어딘가에 아름다운 사람과 사람의 힘은 없는가
같은 시대를 함께 사는
친근함과 재미 그리고 분노가
날카로운 힘이 되어, 눈앞에 불쑥 나타나는

내가 가장 예뻤을 때

내가 가장 예뻤을 때
거리거리는 와르르 무너졌고
당치도 않은 곳에서
푸른 하늘 따위가 보이거나 했다

내가 가장 예뻤을 때
주변 사람들이 많이 죽었다
공장에서, 바다에서, 이름없는 섬에서
나는 멋 부릴 기회를 놓치고 말았다

내가 가장 예뻤을 때
아무도 다정한 선물을 바치지 않았다
사내들은 거수경례밖에 몰랐고
고운 눈길만을 남기고 모두 떠나갔다

내가 가장 예뻤을 때
내 머리는 텅 비었고

내 마음은 딱딱했고
손발만이 밤색으로 빛났다

내가 가장 예뻤을 때
내 나라는 전쟁에 졌다
이런 바보같은 일이 있단 말인가
브라우스 팔을 걷어올리고 비굴한 거리를 활보했다

내가 가장 예뻤을 때
라디오에서는 재즈가 흘러넘쳤다
금연을 깼을 때처럼 어질어질 한 채로
나는 달콤한 이국의 음악에 빠졌다

내가 가장 예뻤을 때
나는 아주 불행했고
나는 아주 어리둥절했고
나는 되게 쓸쓸했다

그래서 결심했다 가능한 한 오래 살기로
나이 먹고도 아주아주 아름다운 그림을 그렸던

프랑스의 루오 영감님처럼

말이야

바보같은 노래

이 강가에서 당신과
맥주를 마셨다 그래서 이 가게를 좋아한다

7월의 고운 밤이었다
당신이 앉았던 의자는 저기, 지만 세 사람이었다

작은 등불이 여기저기 켜지고, 연기가 났고
당신은 즐거운 농담을 던졌다

둘이 있을 때는 설교만 하고
난폭한 짓은 전혀 하지 않았지

하지만 알고 있었어, 나는
당신의 깊은 시선을

빨리 내 마음에 다리를 놓아
다른 사람이 놓기 전에

나, 망설임 없이 건너갔다
당신이 있는 곳으로

그러고 나니 이제 뒤로 돌아갈 수 없었다
도개교[2] 같은 거라서

고흐의 그림에 있었던
아를 지방의 소박하고 밝은 도개교!

처녀는 유혹당해야 하는 법
그것도 당신 같은 사람에게

---

2) 도개교(跳開橋)는 선박이 통과할 수 있도록 몸체가 위로 열리는 구조로 된 다리다.

처음 가는 마을

처음 가는 마을에 들어갈 때
내 마음은 어렴풋이 설렌다
국숫집이 있고
초밥집이 있고
데님 바지가 걸려있고
모래먼지가 있고
버려진 자전거가 있고
그다지 바뀐 것이 없는 마을
그래도 나는 충분히 설렌다

낯선 산이 육박해 오고
낯선 강이 흐르고 있고
몇 가지 전설이 잠들어 있다
나는 금방 찾아내버린다
그 마을의 상처를
그 마을의 비밀을
그 마을의 비명을

처음 가는 마을에 들어갈 때
나는 주머니에 손을 넣고
떠돌이처럼 걷는다
가령 볼일이 있어 왔더라도

날씨 좋은 날이면
마을 하늘에는
고운 빛깔을 한 엷은 풍선이 떠다닌다
그 마을 사람들은 눈치채지 못했겠지만
처음으로 온 나한테는 잘 보인다
왜냐하면, 그것은
그 마을에서 태어나고, 그 마을에서 자랐지만
멀리서 죽어야만 했던 자들의
혼이기 때문이다
총총히 흘러간 풍선은
멀리 시집간 여자 하나가
고향을 그리워한 나머지
놀러 왔던 것이다
혼만, 엄벙덤벙

그리하여 나는 좋아진다

일본의 조촐한 마을들

물이 깨끗한 마을, 허술한 마을

장국이 맛있는 마을, 고집스런 마을

눈이 잔뜩 쌓인 마을, 유채꽃에 둘러싸인 마을

눈을 치켜뜬 마을, 바다가 보이는 마을

남자들 으스대는 마을, 여자들 힘이 넘치는 마을

대학을 나온 부인

대학을 나온 아가씨

시골 명문가에 시집갔다

장남 도련님이 너무 멋있어서

유학시험은 끝내 체념하고

뻬이뻬이

대학을 나온 새색시

지식은 반짝반짝 빛나는 스테인레스

아기 기저귀를 갈아주면서

주네3)를 말했다, 소금 단지에 학명學名을 붙였다

뻬이뻬이

대학을 나온 새댁

정월에는 울상이 되었다

온마을이 총출동하여 몰려와서, 붉은 색 밥상에

술병이며, 데운 술이며, 안주며

---

3) 장 주네(Jean Genet, 1910~1986)는 프랑스의 시인이다.

삐이삐이

대학을 나온 어머니
보리밭 사이를 자전거를 타고 갔다
제법 관록이 붙었는 걸
시의원이 되면 어떨까, 나쁘지 않구만

삐이삐이

화낼 때와 용서할 때

여자가 혼자

턱을 괴고

익숙하지 않은 담배를 뻐끔뻐끔 피우며

방심하면 뚝뚝 떨어질 눈물을

수도꼭지처럼, 꼭 잠그고

남자를 용서해야 할지, 화를 내야 할지에 대하여

생각을 굴리고 있었다

뜰의 장미도 구운사과도 수납장도 재떨이도

오늘 아침은 모두 어수선하여 실 끊어진 목걸이같았다

화산이 터지듯, 시비를 가린 뒤에는

산속 마귀할멈처럼 사무치게 외로워지니까

이번에도 또 아마 용서해버리고 말 테지

제 상처에는 가짜 약을

듬뿍 바르고

    이것은 결코 경제 문제 따위가 아니다

여자들은 오래오래 용서해 왔다

너무도 오래 용서해 왔기 때문에

어느 나라의 여자들이나 물렁한 군대밖에

낳지 못하게 된 것은 아닐까?

이쯤에서 한 번

남자의 콧대를 픽 갈기고

아마존의 모닥불에 둘러앉을 때가 아닐까?

여자의 상냥함은

오랫동안 세계의 윤활유였지만

그것이 무엇을 낳았던 걸까?

여자가 혼자

턱을 괴고

익숙하지 않은 담배를 뻐끔뻐끔 피우며

조그마한 제 둥지와

벌집을 쑤신듯한 세계 사이를

왔다 갔다 하면서

화낼 때와 용서할 때의 타이밍을

잘 잡을 수 없는 것에 대하여

매우 난처해 하고 있었다

그것을 가르쳐 주는 것은

세상물정에 밝은 큰어머니도

심오한 책도

곰팡이가 핀 역사도 아니다

단 하나 알고 있는 것은

스스로 그것을 발견해야만 한다

는 것이었다

『진혼가』
(1965)

꽃 이름

"하마마쓰는 매우 진보적입니다"

"그리 말씀하시는 이유는요?"

"전라가 되어버리니까요, 하마마쓰의 스트립 극장, 그야
말로 진보적입니다"

　그런가, 그런 용법도 있었나, '진보적'!

　등산모를 쓴 남자는 아주 쾌활하다

　센주에 사는 조카가 여자와 동거를 해서

　어쩔 도리가 없어 식을 올려주러 간다고 한다

"당신은 교사인가요?"

"아니요"

"그러면 그림 그리는 분?"

"아니요

전에, 여자탐정이냐는 말을 들은 적도 있습니다

역시 기차 안에서"

"하하하하"

　나는 장례식에서 돌아오는 길

　아버지 유골을 버드나무 젓가락으로 집고 와

덧없기가 11월의 바람 같습니다

조용히 가고 싶습니다

"오늘 전쟁 때처럼 붐비는군요

꽃구경 철이니까, 당신 몇 년생?

허허, 그럼 나랑 동갑이네, 이거 기분 괜찮네!

라바울[1]의 생존자랍니다 나는, 정말 끔찍한 곳이었지

안녕 라바울이여라는 노래, 알아요?

좋은 노래였지"

왕년의 대장부·여장부도

꽤나 지쳐버렸다고

문득 서로를 응시했다

길흉과 함께 활기차게 도카이도를 걷는

수밖에 없을 듯하니

"오락 때문에도 살기를 띠어야 했으니까

하지만 보세요, 벚꽃이 한창이야

바다 색깔도 좋네

나는, 다양한 꽃이름을 기억하고 싶단 말이에요

당신 혹시 몰라요? 뭐였더라

---

1) 라바울(Rabaul)은 태평양 남서부 파푸아뉴기니령 뉴브리튼섬의 주도로 1944년 일본 군과 연합군의 격전지였다. 1994년 이후 여러차례 화산이 분화했다.

커다란 하얀 꽃이 잔뜩 피어 있고…"

"좋은 향기가 나고, 지금 쯤 피는 꽃?"

"그래요, 아주 화려한 느낌이 나는"

"인도의 꽃 같지요"

"그래요, 그래요"

"태산목泰山木 아닐까?"

"하하, 태산목 …내가 오랫동안

알고 싶었다니까 한자가 어떻게 되나요?

그렇군요, 메모해 둬야지"

　여자가 꽃 이름을 많이 알고 있는 건

　아주 좋은 일이란다

　아버지의 옛말이 천천히 스쳐갔다

　철들고부터 얼마만큼 두려워했을까

　사별의 날을

　아마도 당신과 이별하는 걸 준비하기 위해

　세월을 보내온 것같은 생각이 든다

　좋은 남자였어, 아빠

　딸이 바치는 꽃 한 송이

　살아 있을 때 말하고 싶었으되

　할 수 없었던 말입니다

관 근처에 아무도 없었을 때

나는 살짝 다가가 아버지 얼굴에 뺨을 대었다

얼음하고도 다른 도자기하고도 다른

이상한 차가움

유채꽃밭 한가운데 화장터로부터

비스킷을 굽는 듯 검은 연기가 한가닥 올랐다

고향의 해변가 마을은 이상스레 밝아

모든 것을 동화처럼 보이게 만든다

상어한테 다리를 물어뜯겼다든지

농기구에 손이 말려들었다든지

귀에 등에가 들어가 울어대는 꼬마, 교통사고

자살미수, 장폐색, 파상풍, 약쟁이

시골의 외과의사였던 당신은

다른 이를 덮친 사신이 주욱 뒤로 물러나도록

있는 힘껏, 밀쳤다

낮도 밤도 없는 날쌔고 사나운 사자였습니다

참으로 갑작스런

조금의 고통도 없는 평온한 죽음은

그러므로 누군가가 내린 포상이 아니었을까

"오늘은 일진도 좋고…중매 따위

쑥스럽구나, 이런! 내 양복정장 위에

자꾸 짐들이, 뭐 괜찮아, 하지만

도쿄에 살고 싶다는 생각은 안들어요

거기는 사람 살 곳이 아니야

시골은 성의있게 사귀면 친구쯤

마구마구 생기니까, 나는 목재상입니다

애들은 셋, 당신은?"

　아버지 장례식에 새나 짐승은 오지 않았지만

　꽃잎이 떨어져 덮인 소형 열반도[2]

　백치 수 씨가 와서 잘 돌아가지 않는 혀로

　푸념을 늘어놓았다

　아무도 상대해주지 않는 수 씨를

　아버지는 상냥하게 진찰해 주었다

　내 뺨을 축축히 적시는 뜨거운 염화나트륨 물방울

　농부, 신발가게, 완구점, 야채가게

　어부, 우동집, 기와가게, 사환

　좋아했던 이름 없는 사람들에게 둘러싸여

　한가락 연기로 화장장에서 보내고

---

2) 열반도(涅槃圖)는 석가모니가 사라쌍수 아래에서 열반에 들어갈 때의, 머리를 북쪽에 두고 옆으로 누운 석가모니를 에워싸고 주위에 제자를 시작해 보살·천룡·귀축 등이 울고 슬퍼하는 모습을 그린 그림이다.

관을 덮자 비로소 알았다

티를 내지 않아서 더 좋았던 불교도

기라마을의 체호프여

안녕

"나그네한테 길동무라 하더니만, 정말 덕분에

즐거웠소, 그럼 건강하시길"

도쿄역 플랫폼에서 등산모가 완전히

인파속에 사라져버렸을 때 '아' 하고 소리쳤다

그 사람이 가리킨 것은 백목련이 아니었을까

그렇다 태산목은 6월의 꽃

벌써 피어 있다면 백목련

아아, 이런 바보 멍청이

어렸을 때 어버지는 자주 말했었다

"너는 바보다"

"얼빠진 녀석"

"어이없는 바보다"

소독용 거즈라도 찔러넣듯 바지런히

세상에 나와보니 그렇게 바보도 아니었음을

꽤 확실히 알게 되었지만

그것은 무엇을 두려워했던 것입니까, 아버님

그렇다고 해도 오늘은 정말이지, 조금 바보

그 등산모를 쓴 전중파[3)]

꽃 이름 틀린 것을

언제, 어디에서, 어떤 얼굴로

알아차릴까

---

3) 전중파(戰中派)는 제2차 세계 대전 중에 청년 시절을 보낸 세대를 가리키는 말이다.

여자아이 행진곡

남자애를 괴롭히는 게 좋아
남자애들을 흑흑 울리는 게 너무 좋아
오늘도 학교에서 지로의 머리를 때려 주었다
지로는 악 하고 꽁무니를 사리며 도망쳤다
　　　지로 머리는 돌머리
　　　도시락 뚜껑이 움푹 들어갔다

아빠는 말했다, 의사 아빠는 말했다
여자애는 함부로 몸을 놀리면 안돼
몸 속에 소중한 방이 있으니까
차분하게 하렴, 부드럽게 하렴
　　　그런 방 어디에 있어
　　　오늘 밤 탐험해 보자

할머님은 화냈다, 쭈글쭈글 매실장아찌 할머님
생선을 깨끗하게 먹지 않는 애는 쫓겨납니다
시집가서 사흘도 지나지 않아 쫓겨납니다

대가리와 꽁무니만 남기고, 깨끗이 먹으세요

　　시집 따위 가지 않을 테니까

　　생선 해골 보기 싫어

빵집 아저씨가 소리치고 있었다

강해진 건 여자와 양말, 여자와 양말

빵을 들고 아줌마들이 웃고 있었다

당연하지, 그런데는 그럴 만한 이유가 있는 거야

　　나도 강해져야지!

　　내일은 누구를 울려 줄까

도미

초봄 바다에

배를 타고서

도미를 보았다

얼마간의 은화를 털어

보슈房州의 작은 후미에서 배를 저어 나와

귤밭에도 안개가 낄 무렵

파도에 먹이를 뿌리자

푸른 해저에서, 팔랑팔랑 빛깔을 드러내며

튀어오르는 도미

산호빛으로 번쩍이며, 파도를 차고

몇 마리나, 몇 마리나, 파도를 치고

갑작스레 터지는 폭죽처럼 빛을 발하는

어족魚族 무리

늙고 트라코마 눈병을 앓는 어부가

뱃전을 두드리며 도미를 불렀다

그 직업도 슬펐지만

쿠로시오 해류[4]를 마음껏 헤엄치며

단련된 아름다움을 보이지 못하는

게으른 도미의, 보기 흉할 정도로 큰 몸집도

나는 왠지 섬뜩했다

어째서 헤엄쳐 가지 않는 것일까, 먼 곳으로

어째서 진로를 잡지 않는 것일까, 미지의 방향으로

위대한 스님이 태어난 곳이라서

물고기도 잡아먹히는 일 없는 금어구[5]

법열法悅의 후미

사랑 또한 노예로 향하는 덫이 될 수 있는 걸까

드넓은 바다

머나먼 수평선

평소의 생각이 이 날도 울린다

사랑 또한 족히 노예로 향하는 덫이 될 수 있다

---

4) 쿠로시오 해류(黑潮)는 일본열도를 따라 흐르는 난류이다.
5) 니치렌(日蓮, 1222~1282) 선사가 태어났을 때 도미들이 모여들었고 이후 도미는 니치렌의 화신으로 간주되어 보호받았다. 지바현 가모가와시 고미나토 인근은 1903년 법률상 어업이 금지된 금어구(禁漁區)로 정해졌으며 1967년 특별천연기념물로 지정되었다.

다 큰 사내를 위한 자장가

잘 자요, 다 큰 사내여
밤에, 말똥말똥 하고 있다니
그건 당신이 예외적인 새라서 그래요
눈꺼풀을 닫고, 입을 벌리고
찾아가세요, 가사假死의 길
새도 나무도 잠드는 밤
당신만 또랑또랑 눈을 뜨고
바스락바스락 거리는 건 왜입니까

심장의 펌프가 삐걱거릴 만큼
이렇게 바쁜 건 어딘가 심히 잘못된 거
　　　　　　　　　잘못된 거에요

우리나라가 후진국이라 하더라도
달리는 것만이 능사는 아니야
소중한 것은 아주 조금
소중한 것은 아주 조금입니다

당신이 시시한 것만
만들고 있다는 말은 아니지만

이제 잠드세요, 다 큰 사내여
당신은 멀리 찾아 가서
어둡고 커다란 숲에 들어가요
거기에는 차가운 샘이 있고
조용히 빛나는 것을 내뿜고 있어요
당신은 숲의 샘으로부터
맑은 물 한 잔을 확실히 길어올려야 해요
아아, 그것이 무엇인지 묻지 말고

잘 자요, 다 큰 사내여
맑은 물 한 잔을 확실히 길어올려 와야만 해요
그러지 않으면 당신은 말라 버려요
이제 잠드세요, 다 큰 사내여
둘이서 갈 수 있는 곳까지는
저도 함께 가겠습니다만

책의 거리에서

―다테 도쿠오[6] 씨에게

꾀죄죄한 나막신을 신고

하카마[7]를 입고 활보했던 메이지시대의 서생들

모던보이연하며

여자아이를 쫓아다녔던 다이쇼의 학생들

그 자식들과 그 손자들

지금도 부단히 어깨로 바람을 가르며 걷는 거리

오차노미즈 역을 내리면

멀리 흩어져 있던 자들의 향수鄕愁가

돌 포장 도로에도 꽃가게 앞에도 짙게 어리고

그 농밀함에, 살짝 취한다

갓 인쇄한 신간이

손을 벨 듯한 날카로움으로 가게마다 진열되고

출판업의 고혈압으로 비틀비틀거리는 거리

---

6) 다테 도쿠오(伊達得夫, 1920~1961)는 일본의 편집자·출판사경영자이고, 시 잡지 『유레카』
(書肆ユリイカ)를 발간했다.
7) 하카마(袴)는 겉에 입는 주름 잡힌 하의.

학생시절『일본노예경제사』를 샀던

비탈 위 책방을 지나

산세이도三省堂 뒤를 서성거리면

'유레카'라는 작은 출판사를 어찌어찌 그래도 찾아낼 수 있었다

키친 칼로리

유쾌한 이름의 레스토랑

벽에 붙은 오래 되어 바랜 메뉴에서

싼 카레라이스의 가격 따위가 쓸쓸하게 바람에 날리고 있었다

　"시 잡지를 내는 일에도 질렸답니다"

다테 도쿠오 씨는 어두운 목소리로 말했고

곧이곧대로 들었더니

'나는 발견했다'라는 어원을 가진 유레카는 오래오래 이어졌다

카스바[8] 같은 골목길 한 귀퉁이

낡은 걸레같은 2층 목조건물

거기서 신선한 시집 몇 권이 탄생했고, 떨어진

---

8) 카스바(kasbah)는 북아프리카 여러 도시에서 볼 수 있는 미로와 같은 원주민 주거 지역이다.

　　　　　　　　　　　　　　　　과실의 향을 흩뿌렸고

화려한 머플러, 목에 두르고
열세 단 가파른 사다리를 오르내리던
장발에, 날씬하고, 짓궂은 다테 씨!

당신 지금, 어디쯤 가고 계시나요
당신의 머리카락을 날리던 바람은, 지금 온도가 어떠한
가요
앞을 조금 잡고 걸치던
검은 베레모는 남았지만
그 아래에서 명멸했던, 비싼 하나의 정신은 사라졌습니
다
책의 거리를 갈 때
나는 꼭 보고야 만다
당신의 짙은 그림자를 문득 길모퉁이나
낮에도 어두운 다방 라드리오의 구석에서
자신의 죽음은 그저 소멸일 뿐!
하지만 그리운 사람이 죽은 뒤의
세계를 생각하는 마음은
맨발로 항아리를 반죽했던 고대의 여인들과

그다지 다름 없는 천진함으로, 감돌며 흘러갈 뿐입니다

6월의 밤

책을 편 채 마침내 자기 공부방으로

돌아갈 수 없게 된 여자아이

크림색 스웨터를 입은 소녀[9]는 이제 만나셨나요

당신들의 세계에도

'임금님의 귀' 섹션은 필요할까요

청문승聽聞僧이라는 별명을 가지셨던 당신

많은 사람의 한숨과 비밀 상담거리

그것들은 밀봉된 상자 속에서

얼마나 북적대고 있는지 모른답니다

아무리 전화해 보아도 이제 당신의 목소리는 들리지 않

는다

우울하고

상냥하고

종잡을 수 없을 듯한 목소리

친했던 사람들은 그래서

---

9) 간바 미치코를 가리킨다. 간바 미치코(樺美智子, 1937~1960)는 일본의 학생운동가로, 안보투쟁에서 사망했던 도쿄대학의 여학생이다.

라이터만 틱틱거리며

쓸쓸한 얼굴을 맞대고 있습니다

한 사내의 매력에 대해서

그 유래가 된 바에 대해서

풀기 어려운 수수께끼에 대해서

구렁이[10] 처럼 술을 마시는 시인은 외쳤습니다

  "아무리 자본을 투입하더라도

  다테 도쿠오같은 저널리스트는

  두 번 다시 만들 수 없어, 절대로 만들 수 없어!"

웃으셨지요, 지금

자, 말씀해 주십시오

다시 며칠인가가 지나고 다시 몇 년인가 지나가는 것입
니다

귀에 친숙한 당신의 목소리로

원고 재촉에 시달리던 때처럼

다 쓰셨나요

예, 일단은

---

10) 원문의 야마타노 오로치(八俣の大蛇)는 『고사기(古事記)』에 나오는 머리가 8개인 큰 뱀
의 이름이다.

후후후, 만가挽歌군요

괜찮나요

받아가겠습니다

칠석

밤이 깊어

멀리 상수리나무 숲 아래에

작은 등불이 깜빡이는 것은

귀신할머니[11] 의 오두막처럼 매혹적이다

무사시노라는 이름이 남아 있는 풀이 무성한 길

이 부근에서는 아직 많은 별을 만날 수 있다

은하수에는 잔물결이 일고

강가에는 직녀성과 견우성

오늘 밤도 어쩐지 깊이 숨을 죽이고 있다

　"당신들! 내 뒤를 쫓아 온 건가?"

느닷없이 풀숲에서 쑥 튀어나와 적동색赤銅色 벌거숭이

가 위협했다

소주 냄새를 풀풀 풍기면서

나는 꺅 소리를 내며 경계했다

---

11) 원문의 아다치가하라(安達ヶ原)는 후쿠시마현 아다타라야마 산 동쪽 기슭의 들판으로 사람을 잡아먹는 귀신할머니가 산다는 전설이 있다.

일단 경계부터 하는 것은 아주 나쁜 습관이다

　"오늘은 칠석이잖아요

　그래서 별을 보러 온 겁니다"

남편의 목소리가 바보처럼 느긋하게 어둠 속에 흘렀고

　"칠석?

　칠석…아아 그렇군

　나는 또 내 뒤를 쫓아왔나 싶어서…

　자…실례했습니다"

그는 마술사 '키오[12] 의 집'주민이었다

몇 세대가 살고 있는지 알 수 없고

낡아빠진 집을 들락날락하는 사람들은

언제나 알쏭달쏭 그 수를 헤아릴 수가 없었다

눈꼬리가 치붙은 귀여운 소년이 한 명 있었는데

어느 틈엔지 그도 중학생이 되어 나타났다

개조차 타인은 얼씬도 못하게 맹렬히 짖어대고

---

12) 이고르 키오(Igor Emilievich Kio, 1944~2006)는 소련의 마술사이다. 1965년 일본 공연에서 미녀가 사자로 변신한다든지, 상자에 갇힌 미녀가 사라진다든지 하는 마술을 선보였다. 데즈카 오사무의 만화 『철완 아톰』에 키오를 모델로 한 '키노오'라는 마술사가 등장하기도 한다.

조선어가 작렬하는 싸움이 전개되는 것은

늘 찌는 듯한 한여름의 축시[13] 경

벼랑 끝에 한 채 외따로 서 있는

그 집 부근까지 오고말았다

오늘 저녁에 쏟아져내리는 비 견우성이 바삐 저어 오는

배 노에 이는 물보라[14]

기원전부터 나타나 차츰차츰 형태를 정돈해온

중국인의 아름다운 옛이야기

일찍이 만요가요를 짓던 이들이 사랑했던 소재도

기원을 따지자면 멀리 고구려·백제를 거쳐

전해진 것이 아니었을까

문자, 직물, 철, 가죽, 도자기

말기르기, 그림그리기, 종이, 술빚기

바느질쟁이, 대장장이, 학자에 노예

얼마만큼 많은 것이 전해진 것일까

---

13) 축시(丑時)는 새벽 1시에서 3시 사이.

14) 『만엽집(萬葉集)』 권10(2052번 노래, 잡가)의 구절. 『만엽집』을 일본어로 읽으면 만요슈이며 이 책에 실린 노래를 만요가요라 부른다. 가능한 한 원문의 글자수(5·7·5·7·7)에 맞추어 번역하려 노력했다.

옛 은사恩師의 후예들은

저쪽에서도 이쪽에서도, 지금은 아무렇지도 않게 경원시
되고

저녁 바람 쐬러 나온 사람조차, 미행인가 하고 두려워한
다

칠석이라는 말 한 마디에 바로 점잖게 등을 보이며

돌아갔던 잠방이 차림 아저씨

내 마음은 까닭 없는 슬픔으로 가득하다

차가운 은하를 올려다볼 때

앞으로, 분명, 잊히지 않고 마음에 감돌 것이다

온몸에서 풍기던 강한 소주 냄새가

훅

류롄런 이야기

중국인 류롄런劉連仁은
문상하러
지인의 집에 가던 중
일본군에게 붙잡혔다
산둥성 차오보라는 마을에서
1944년 9월 어느 날 아침

류롄런이 붙잡혔다
6척이나 되는 사나이가
괭이를 쥐면 이 근방에서 으뜸이었던 농부가
하릴없이 붙잡혔다
산동성 남자들은 가혹하게 부려도 잘 버틴다
이 근방 일대가
'중국인 노무자 이입移入방침'을 위한
일본군의 사냥터라는 사실 따위는 전혀 모른 채

닥치는 대로, 메뚜기라도 잡듯이

길마다 잡아, 줄줄이 엮어
가오미현에 도착할 무렵에는 80명이 넘었다
안면 있는 농부가 몇 명 있어
손을 밧줄에 묶인 채
침울한 얼굴을 맞대었다
　"비행장을 만들려고 데려간다던데"
　"한두 달 지나면 돌려보낸데"
　"칭다오라던가"
　"칭다오?"
　"정말일까"
　"정말일 리가 없잖아"
불신의 목소리는 잔물결처럼 번졌고
끌려간 채 돌아오지 못했던 사람에 대한 소문을
차츰 잦아지는 벌레소리에 섞어
수군거렸다

류롄련은 가슴이 아팠다
막 결혼한 젊은 아내, 앳된 앞머리를 한 아내는
임신 7개월
자오위란趙玉蘭, 당신에게 알릴 방법은 없을까

가령 한 달, 두 달이라 하더라도, 내가 없으면

우리집 밭은 어찌 될 것인가

엄마와 아직 어린 다섯 형제는

보리를 파종하다 만 밭 360평의 마무리는

지나는 마을, 지나는 도시

창문을 닫고, 문을 잠그고, 멸족한 듯한

수많은 마을, 수많은 도시, 고양이 새끼 한 마리 보이지

않았다

창문 틈으로 엿보며, 두려워 떠는 이들아

내 얼굴을 알고 있다면 전해 주게

함정에 빠져 연행되었다고

아내 자오위란에게, 자오위란에게

뇌물을 들고와 남편을 빼내려는 여자가 있었다

자오위란은 오지 않았다

보초를 서는 괴뢰군에게 몇 푼 쥐어주고

아들을 빼내가는 노파가 있었다

자오위란은 아직 오지 않았다

쫓아오기는 했지만, 남편 빼낼 돈을 못구해

멀어져가는 남편을 계속 지켜보던 아내도 있다

핏빛으로 저무는 태양

석상처럼 가만히 서 있는 여자의 시선 속에서

8백 명의 남자들은 사라졌다

일행 8백 명의 남자들은

칭다오의 다강大港 부두로 내몰렸다

어둡고 어두운 화물선 바닥

그들은 류롄런의 까만 솜옷을 벗기고

군복을 입혔다

총검을 든 자들의 감시 아래 지문을 찍었고

그것은 노공협회勞工協會에서 일하는 계약이자

그 실상은 종신노예

그리고 모지[15] 에 도착했을 때 신분은 포로였다

엿새 동안의 항해

겨우 주는 찐빵 하나 눈물나 넘기지 못했다

그 날 아침…

고구마를 살짝 들고나와

---

15) 모지(門司)는 후쿠오카 현에 있던 항구도시였고 지금은 기타큐슈시 모지구이다.

길에서 먹으면서 걸어갔지만

만약 느긋하게 집에서 아침을 먹고

나섰더라면, 악마를 피할 수 있었을까

아니, 아내가 지어준 까만 솜옷

거기에는 아직 깃이 달려 있지 않았다

나는 싫다고 말했었다

아내는 추우니까 입고 가라고 했다

그 실없는 말다툼이 좀 더 길었더라면

붙잡히지 않고 끝났을까 메이파쯔[16]

운이 없는 사내다 나도…

배 밑바닥에 산처럼 쌓인 석탄더미에 기대어

8백명의 남자들은 가축처럼 현해탄을 건넜다

모지에서는 2백 명의 남자들을 다시 뽑아

이틀이나 기차에 태웠다

그리고 다시 4시간의 항해

도착한 곳은 하코다테라는 도시[17]

다테하코라는 곳이었던가?

---

16) 방법이 없다, 어쩔 수 없다는 뜻의 중국어 '没法子'.

17) 하코다테: 홋카이도 오시마 반도의 남동부에 위치한 시.

일본 도시의 사람들도 누더기를 걸치고

제 몸보다 큰 짐을 지고

개미처럼 목을 길게 뺀 난민의 무리, 무리

류렌런 일행은 더욱 끔찍하여 시체와 다름없었다

철도에서 일하는 사람들은 이상한 군상을 자주 보았다

그리고 그들에게 '죽음의 부대'라 이름을 붙였다

죽음의 부대는 하루를 더 북쪽으로 —

이 세상의 종말처럼 음산한

우류군[18] 의 탄갱으로 내몰렸다

비행장이라니 어처구니가 없었다

10월말에 눈이 내리고 수목이 얼어터지는 혹한 속

그들은 알몸으로 탄갱에 들어갔다

아홉 명당 할당량은 하루에 50수레

통나무말뚝, 철봉, 곡괭이, 삽

맞고 또 맞고, 상처에 석탄가루가 파고들어

문신처럼 몸을 물들이고 짓물러 터졌다

　　〈그들에게 친절이나 위로는 필요 없음

　　입욕설비 필요 없음, 숙사는 앉아서 머리 위

---

18) 우류군(雨竜郡)은 홋카이도 북부의 오지이다.

두세 치 여유가 있으면 족함〉

도망에 이은 도망이 시작되었다

눈 위 발자국을 추적당해, 끌려돌아온 뒤엔

극심한 처벌

눈 위 발자국을 추적당해, 끌려돌아온 뒤엔

눈가린채 쏟아지는 린치

동료가 산 채로 맞아 죽어 나가는데

가만히 보고 있어야 하는 무능함에

류롄런은 몇 번이나 몸을 떨었을까

일본의 관리자는 말했다

　“일본은 섬나라다, 바다가 사면을 둘러쌌다

　도망치려 한들 도망칠 수 있을 줄 아나!”

죽 펼쳐진 홋카이도의 지도는

연갈은 모양이었다

주변은 하늘인지 바다인지 아무튼 푸른 색이 가득했다

그들은 믿지 않았다

일본은 대륙과 땅이 이어져 있다

조선의 끄트머리에 붙어 있는 반도다

아니야, 그렇지 않아, 그렇지 않아

펑톈, 지린, 헤이룽장 세 성[19]과 땅이 이어진 나라다
서북쪽으로, 서북쪽으로 걸으면
언젠가는 반드시 고향에 이른다
아아, 낙관적인 지식이여! 행복하여라!

공기에 꽃향기가 섞이고
이윽고
꽃도 나무들도 일제히 열리는 홋카이도의 여름
도망친다면 지금이다! 눈도 깨끗이 사라졌다
류렌런은 아무에게도 계획을 말하지 않았다
칭다오에서 전원 폭동을 일으킬 계획도 누설되었다
탄갱에 오고나서도 몇 번이나 누설되었다
벽돌을 꼭 부여잡고
새벽녘 신호를 기다린 적도 있었는데도…
류렌런은 혼자서 도망쳤다
어디를 통해서
변소치는 구멍을 통해서
오물을 뒤집어쓰고 기어나왔다
이 때만큼 일본을 격렬하게 미워한 적이 있었을까

---

19) 奉天, 吉林, 黑龍江

개울에서 몸을 씻고 있는데

어둠 속에서 물소리와, 중국어 소리가 들렸다

역시 그 날 도망친 네 명의 남자들이었다

다섯 명은 기이한 만남을 기뻐했다

서북쪽으로 걷자, 서북쪽으로!

불길한 탄갱의 시야에서 보이지 않게 될 곳까지

오늘 밤 안에

하루종일 노동으로 지친 몸을 채찍질하며

다섯 명은 서둘렀다

산을 넘으면 또 산, 봉우리를 넘으면 또 봉우리

야생 부추를 뜯고, 산배추를 먹고, 독버섯에 몸부림치고

들짐승과 날짐승 소리에 흠칫거리며

사냥꾼도 오지 않는 깊은 곳으로 이동했다

몇 달째인가 마을에 내려왔다, 굶주린 나머지

두 사람은 발견당하여, 끌려갔다

하보로[20] 라는 도시 부근에서

반짝반짝 빛나는 태양 아래

---

20) 하보로(羽幌)는 홋카이도 북부 서해안에 있는 도시로, 일본 굴지의 탄광 거리였다.

전쟁은 며칠 전에 끝났다는 사실도 모르고

세 사람은 산으로 도망쳤다

잔뜩 겁먹은 산토끼처럼

산 위에서 내려본 밭은 온통 하얀 꽃

하얀 감자꽃

류롄런은 감자가 뭔지 알지 못했다

줄기를 먹고, 잎을 먹었다

먹을 게 못돼, 하지만 잠깐만

이렇게 맛없는 것을 이렇게 열심히 많이 기를 리가 없어

살살 흙을 뒤져보니

덩어리 몇 개가 이어져 있었다

흙을 털고 베어먹었다, 감칠맛이 입안 가득 퍼졌다

감자는 그들의 주식이 되었다

낮에는 자고, 밤에는 밭을 기는 날이 이어졌다

　"어이 들었나? 저건 기적소리야!

　좋았어! 철도를 따라가면 조선까지 갈 수 있어"

왜 알아채지 못했을까

바다를 따라 북쪽으로 뻗은 철도선을

세 사람은 들뜬 가슴으로 길을 걸었다

밤의 해변을 다시마를 주워 씹으면서

며칠이나 걸려 도달한 곳은

철도의 종점

그것은 얼마나 쓸쓸한 풍경이었던지

철도의 종점, 황량한 바다가 펼쳐져 있을 뿐이었다

왓카나이[21] 라는 글자도 읽을 수 없었다

사람에게 물을 수도 없었다

굵은 별을 올려다보며 세 사람은 깨달았다

일본은 아무래도 섬인 것 같았다

고향에서는 더욱 멀어진 것도 확실한 것 같았다

세 명의 남자들은

묵묵히 동면冬眠할 준비를 시작했다

짧은 여름과 가을은 끝났다, 눈보라치기 시작한 하늘

곰의 친척같은 낯짝을 하고 이 겨울을 넘겨보자

버려진 삽을 찾아내서

구덩이를 파고 또 팠다

다시마와 감자와 말린 청어알을 최대한 비축하고

---

21) 왓카나이(稚内)는 홋카이도 북부의 도시이다. 왓카나이 항은 소야만 남서안에 위치해
있고 일본 최북단의 부동항이다.

세 개의 몸뚱이를 유폐한 눈구덩이 속에서
세 명의 남자들은 고향을 이야기했다
언제까지고 불행한 고향을 이야기했다
돌절구의 고량高粱 가루는 누가 갈았을까
그날 아침 뜰에 있던 돌절구의 가루는
엄마는 만들었을까, 올해도 좁쌀떡을
나는 눈앞에 선했다, 대추나무 숲
꿈결같은 대추나무 숲
어느 날, 일본군이 연기를 날리며 나타나서
베어버렸던 2천 5백 그루
지금은 그루터기만 남은, 이가장李家莊의 부락
할배들이 손수 돌보아 기르길 30년
매년 읍내에 팔러 나갔던 120톤의 대추 열매
나는 보았다
이유도 없이 작두로 살해당한 사내의 몸뚱이
생매장당하기 전, 담배 한 개비를 맛있게 빨던
남자의 옆얼굴, 아직 젊고 앳되었다…
나는 보았다, 여자의 모가지
욕보이려는 사내를 거부한 여자의 모가지는
잘려나가 궁둥이 위에 얹혀 있었다

뱃속에서 끄집어내어진 태아도 있었다
자오위란 너한테도 만약 무슨 일이 생겼다면
불길한 예감, 거듭되는 영상을 떨쳐내고, 떨쳐내고
류롄런은 무릎을 껴안았다
긴 무릎을 껴안고 꾸벅꾸벅
세 명의 남자는 견뎠다, 반년 남짓한 겨울을

눈부신 태양을 두려워하고, 저린 발을 문지르며
걷는 연습을 시작했을 때
다시 6월의 하늘, 6월의 바람 달콤하고
세 명은 아바시리網走 근처를 걷고
오아칸雄阿寒 메아칸雌阿寒의 산들을 넘었다
나온 곳은 다시 또 바다!
구시로 부근의 바다였다.
세 사람은 기가 막혔다
일본이 섬이라는 말은 진짜 정말인 모양이다
그렇다면 바다를 건너는 것 외에 무슨 방법이 있나
바람이 서북쪽에서 북서쪽으로 부는 밤
세 사람은 작은 배 한 척을 훔쳤다
배는 날아가듯 앞으로 나아갔지만, 도대체 어찌된 일일

까

바람에 밀려 닿은 곳은 똑같은 바닷가

배가 출발했던 물가에 도착해 있었다

노는 떠내려갔고, 비축해둔 말린 양식은 썩었다

어부에게 손짓하여 부탁해 보자

고기잡이 어르신, 우리는 곤경에 처해 있다

보내주면 안되겠는가

조선까지라도 좋다, 똑같은 밑바닥 인생 아닌가

도와주게, 은혜는 잊지 않겠다

무모한 판토마임은 실패로 끝났다

늙은 어부는 말이 없었지만 머지않아 대답이 돌아왔다

대대적인 수색작업이 벌어져

쫓기고 쫓기다 두 명의 동료는 붙잡혔다

이제 외톨이가 되었다, 류롄런

류롄런은 격렬하게 울었다

두 사람은 죽었을 게 분명하다, 모든 길은 막혔다

  "기다려 나도 간다!"

허리의 밧줄을 나무에 걸고, 온몸의 무게를 둥근 밧줄에

실었다

아팠던 것은 허리다!

육척의 몸을 감당하지 못하고, 허술한 밧줄은 맥없이 끊어졌다

혼이 나간 듯, 멍했다

그리고나서 엄청나게 설사를 하고

말린 청어알이 그 모습 그대로 나타났다

　"바보 같은 놈!" 그럴 작정이라면 살아봐

살아서, 살아서, 살아남아서 보여줘봐!

그 때였다, 단단하게 마음 먹은 것은

그로부터 12년의 세월이 흘러갔다

류렌런에게 생활이란

구덩이에 들어가고, 구덩이에서 나오는 게 전부였다

쌓인 눈에 무너지지 않고, 샘물 걱정 없는

겨울을 날 잠자리 구덩이를

몇 차례 쓰디쓴 겨울 경험 끝에, 간신히 배우고

구덩이는 주의 깊게 해마다 옮겼다

어느 가을엔가

밤을 주우러 온 일본 여자랑 우연히 마주쳤다

여자는 날카롭게 한 마디 내지르고

모처럼 주운 밤을 내던지고, 내던지고

기어가듯 도망쳤다

괴물이라도 만난 것처럼 도망쳤다

류롄런은 작은 개울에 내려가 맑은 물을 들여다보았다

제멋대로 자란 흐트러진 머리카락

밭의 오두막에서 슬쩍 한 여자옷을 걸치고

요괴처럼, 흔들리고 있다

이것이 내 모습인가?

자오위란 네가 반해서 시집온

류롄런의 꼴이 이렇다

자조와 짜증으로 붉어진 얼굴을

가을 개울물에 담그고

호랑이처럼 사납게 흔들었다

나는 결벽에 가까울 만큼 깨끗한 걸 좋아하여 때가 끼는

것은 좋아하지 않았다

설령 기나긴 도피행, 사람사는 꼴은 못되지만

조금은 몸을 단정히 해야지!

낫조각을 찾아내어

류롄런은 조용히 수염을 깎았다

머리카락은 긴 변발로 정리하여, 등애를 쫓는 역할도 겸

하게 했다

바람이 아카시아 향을 몰고 온다

어느 여름엔가

숲에 흐르는 작은 시냇물에, 푹 몸을 담그고

아아 셰셰謝謝, 해님이여

일본의 산과 들을 이리저리 도망치고 도망치고 도망치고

있는 나한테도

이런 연꽃같은 아름다운 하루를

떡 하니 베풀어주셨군요

나뭇잎 사이로 비치는 햇살을 맞으면서

물보라를 날리며 미역을 감고 있을 때

어린아이 하나가 불쑥 나무 사이에서

조르르 떨어졌다, 다람쥐처럼

　"남자인 주제에, 왜 머리를 땋았어?"

　"호오 너, 몇 살이냐"

일본어와 중국어는 교차하지 않고, 헛되이 엇갈릴 뿐

엄청 태평한 녀석이군

개척촌開拓村의 아이일까

내 자식도 살아 있다면 이만큼 귀여운 샤오하이小孩

개척촌의 오두막에서 이런저런 것을 훔쳤지만

나는 아이들 것만은 훔치지 않았다

부들부들한 이불은 눈이 돌아갈 만큼 갖고 싶었지만

아기의 침구여서 그놈만은

손을 대지 않았지

말은 통하지 않은 채

몇 가지 물음과 대답은 납득되지 않은 채

오래 전부터 친했던 삼촌과, 조카처럼

두 사람은 물을 튀기고 흩날렸다

류롄런은 겨우 정신을 차렸다

안돼, 애들은 위험해, 애들 입에서 모든 게 퍼진다

이런 어리석은 짓을 하다니!

그건 그렇고 신기한 아이다

벌거벗은 채, 순식간에 숲속으로 사라졌다

늑대 두 마리를 만났다

곰도 만났다, 토끼나 꿩하고도 시선이 마주쳤다

그들은 조금도 위해를 가하지 않았고

그도 또한 짐승을 차마 죽이지 않았다

류롄런의 위는 스님처럼 깨끗해졌다

무서운 것은 사람이다!

산 위로부터 아무 생각없이 마을의 움직임을 바라보며

살았다

산에 들어온 지 2년 남짓

밭에서 일하고 있던 것은 여자, 여자, 여자뿐

나중에 조금씩 남자도 섞여 있었다

밭의 오두막에 놓여지는 것도 풍성해지는 듯했다

쌀과 성냥을 발견했을 때의 기쁨은

어린 시절 설날을 맞이한 기분

쇠주전자랑 같이 집어와서

산속에서 가늘고 가늘게 밥 짓는 연기를 냈다

익힌 것을 먹은 게 몇 년만이었을까

감자를 삶으니 이 세상 것이 아닌 것처럼 맛있었다

그로부터 다시 몇 년인가 흘러

가죽 외투를 손에 넣었다

비닐 천도 입수했다

하지만 해마다 몸이 약해졌다

10년이 지나자 날짜를 헤아릴 수 없게 되었고

가족의 얼굴도 희미해졌다

아내도 필시 다른 집으로 시집갔겠지

가령 살아 있다 하더라도…

어느 해였던가

이 지방에 지독한 가뭄이 들어

작물이라는 작물은 다 축 처지고

밭에 서서 고개를 숙인 농부의 모습이 보였다

멀리, 멀리

류롄런은 고소하다고는 생각하지 않았다

일본 농민도 괴로운 것이다

나도 태어나면서부터 농부였는데

거칠고 쇠약해진 이 손에

괭이를 쥘 날이 올까

검게 눅눅해진 흙위에, 후두둑 후두둑

허리를 돌리며 씨를 뿌리는

그런 날이 언젠가는 다시 찾아올까

긴 동면이 끝나고

봄에, 구덩이에서 나올 때는

이틀 가량 연습해야 걸을 수 있었다

해가 갈수록, 걷기 연습의 날은

많이 더욱 많이 써야 했고

2개월 가량 들이지 않으면 걸을 수 없을 만큼

아랫도리가 고통스러웠다

그것은 점점 심해져서

가을이 돼서야 겨우 걸을 수 있게 되었을 무렵

홋카이도의 이른 겨울은 벌써

가루눈을 펄펄 날렸고

다시 구덩이 속으로, 류롄런을 몰아세웠다

짐승처럼 살았고

기억과 사고의 세계와는 인연이 없었다

짐승처럼 살았고

일본이 바다 가운데 있는 섬인 줄도 알지 못했다

하지만, 류롄런

당신에게는 자신을 살게 하는 지혜가 있었다

참담한 세월을 누비며

당신 나라의 강처럼 유유하게 흘러갔다

하나의 생명

그 지혜도 몸도

그러나 한도에 다다른 것처럼 보였다

혹독한 어느 겨울 아침

당신은 드디어 발견되었다

삿포로 부근 도베쓰의 산에서

일본인 사냥꾼에게

동상 투상이에 육척은 됨직한 어엿한 사내

1척 반 가량 많은 머리에, 말이 통하지 않는 이상한 사내

절망적인 표정을 지으며

"아퍼어 아퍼어"를 연발하는 사내

아프다, 그것은

류롄런이 기억하고 있던 단 하나의 일본어였다

　"중국인인 것 같다"

스키를 신은 경찰관은 갑자기 신중해졌다

류롄런은 이상했다

왜 안 때리는 걸까

왜 옛날처럼 질질 끌고가지 않는 걸까

산기슭의 잡화점에서 붉은 사과와 담배를 주었다

불도 쬐게 해 준다 '뿌밍바이不明白' '뿌밍바이'

'아루지 못하겠다' 아무것도

양복을 입고 중국어로 말하는 남자가

잔뜩 주위를 둘러쌌다

양복을 입은 동포라니!

류렌런은 인정하지 못했다

조국이 승리한 것도 인정하지 못했다

매우 난처해 하며 화교 한 명이 말했다

　"여관 직원을 불러 당신이 먹고 싶은 걸

　주문해 보세요

　일본인은 이제 중국인을 괴롭히는 짓은

　절대로 못하니까"

류렌런은 뜨듯한 우동을 주문했다

볼이 빨간 여종업원이 공손하게 들고 왔다

류렌런의 딱딱한 마음이

그 때 비로소 겨우 풀렸다

중국인 동포들은 눈시울을 붉히며

모락모락 피어오르는 김 너머로 소박한 사내를 바라보았
다

팔로군八路軍이 천하를 잡아

우리들에게도 살만한 나라가 생긴 듯하다는 것

조금씩, 조금씩, 이해해갈 즈음

류롄런에게는 스파이 혐의가 걸렸다

언제 왔는가

어디서 일했는가

홋카이도의 산들을 어떻게 갔는가

모든 것이 몽롱하여, 대답을 못하는 류롄런

삿포로 시청은 말했다

　"도청의 지시가 없으면 어떤 조치도 취할 수 없다"

홋카이도 도청은 말했다

　"정부의 지시가 없으면 어떤 조치도 취할 수 없다"

삿포로 경찰서는 말했다

　"우리에게는 예산이 없다, 정부가 처리할 문제다"

정부는 이 나라의 대표는

'불법입국자', '불법잔류자'로 정리하려 했다

분별 있는 일본인과 중국인의 손에 의해

류롄런의 기록과 조사는 신속하게 진행되었다

납치되어 사역당한 중국인의 수는 십만 명

그 명부를 더듬어, 빨리 그의 신분을 증명할 일이다

스파이 혐의마저 받고 있는 그를 위해

방대한 자료에서 바늘을 찾아내듯

밤낮 없는 작업이 시작되었다

　'행방불명'

　'일본 내 잔류'

　'사고사망'

단 한 마디로 정리되어 있는

중국인 이름의 행렬, 행렬, 행렬

불굴의 생명력으로 살아남은

류롄런의 이름이 어느 날

유물이 드러나듯 또렷하게 떠올랐다

　"류롄런 산둥성 주청현 제7구 쯔거우山東省 諸城縣 紫溝

사람

　1944년 9월 홋카이도 메이지 광업회사

　쇼와 광업소에서 노동에 종사

　1945년 무단퇴거 현재 여전히 일본내 잔류"

1958년 3월 류롄런은 비가 내려 부옇게 흐린 도쿄에 도

착했다

죄 없는, 군인도 아닌, 농부를

이런 끔찍한 일을 겪게 만든

　'중국인 노무자 이입방침'

일찍이 이 방안을 낸 상공부 장관이

지금은 총리가 되어 있는 기이한 수도에

우물쭈물댔던 정부

발뺌할 궁리만 하던 복지부동 관료들

그리고 속죄와 우호의 마음으로 가득했던

이름없는 사람들

확연히 구별되는 두 층의 소용돌이 속에서

류롄런은 알아차렸다

우리들이 아무런 역할도 하지 못한 사이에

중국은 눈부시게 변해 있었다

우리들이 지금, 일본에서 보고 듣고 분노하는 것은

예전의 조국에서도 있었던 일

우리나라에서 역사 속에 새겨지고 쌓인 일들이

이 나라에서는

이제부터 싸워야할 대상으로

소용돌이 치고 있구나

도쿄에서 받았던 가장 훌륭한 선물

그것은 아내 자오위란과 아들이

살아 있다는 소식

더구나 아내는 동양식으로 두 남편을 두지 않고

류렌런만을 품은 채 살고있었다

아들은 열네 살

언젠가 아빠를 말날 수 있기를 바라며

쉰얼尋兒이라고 이름을 지었다

쉰얼, 쉰얼

류렌런은 누구보다도 아들을 만나고 싶었다

58년 4월

하쿠산마루白山丸는 곧장 고국을 향하여 나아갔다

제멋대로 가축처럼 선창에 쌓여 왔던 바다를

돌아가는 길에는 특별이둥선실의 손님이 되어

파도를 헤치며 돌아간다

날듯이

파도를 헤치며 돌아간다

그리운 고향의 산하가 보인다

펑라이蓬來 젊은 날, 땀 흘리며 일했던 곳

탕쿠塘沽

길고 긴 여로의 끝

14년 만의 돌아온 항구

북적거리는 환영 인파에 둘러싸여
세 번째로 악수했던 중년 여성
그것이 아내 자오위란
류롄런은 저도 모르게 앞으로 나아간다
헤어졌을 때, 스물 셋이었던 신부는 서른일곱 살이 되어
있었다
류롄런은 저도 모르게 앞으로 나아간다
　"아빠아!"
품에 달려든 미소년, 이 아이야말로 쉰얼
윤기 있는 머리카락에 시원시원한 사내아이
읽기도, 쓰기도
제 의지를 말하는 것도
또래에서 뛰어나, 마을에서 제일가는 인텔리로 자라 있
다
세 사람은 짐마차를 타고
고향 차오보 마을에 돌아왔다
고향은 복사꽃이 한창이었고
마을 사람들은 징과 북을 울리며 잔치 분위기

렌런 형님이 돌아왔다아

마주친 사람, 한 명, 한 명

그 이름을 생각해내고, 서로 끌어안으며 집으로 돌아왔다

창에는 새로운 종이를 발랐고

온돌에는 새 이불

봉당에는 새 농기구가 반짝이고

벽에 메이란팡梅蘭芳의 그림과 함께

중국산 호박처럼 친숙한

마오쩌둥의 사진이 웃으며 맞아주었다

류렌런은 밭에 뛰어나가

고향의 검은 흙을 한 움큼 혀끝으로 맛보았다

보리는 1척이나 자라

망망하게 끝 간 데 없이 펼쳐져 있다

그날 밤

류렌런과 자오위란은

밤새워 이야기를 나누었다

일가의 성쇠

고난의 세월

재회의 기쁨을

예전과 다를 바 없는 산동 사투리로.

하나의 운명과 하나의 운명이
우연히 만난다
그 의미도 모른 채
그 깊이도 모른 채
도망 중인 어른과, 개척촌의 꼬마

바람이 꽃의 씨앗을 멀리 날려보내듯
벌레가 꽃가루 묻은 발로 이리저리 날아다니듯
하나의 운명과, 하나의 운명이 교차한다
본인조차 그것을 눈치채지 못한 채

하나의 마을과, 멀리 있는 또 하나의 마을이
우연히 만난다
그 의미도 모른 채
그 깊이도 모른 채
만족스런 대화조차 나누지 않은 채

답답함을 그저 꽈리처럼 울리며
한 마을의 혼과, 또 한 마을의 혼이
우연히 만난다
이름도 없는 개울가에서

시간이 가고
세월이 흐르고
한 명의 남자는 고향 마을로
마침내 돌아갈 수 있었다
열세 번의 봄과
열세 번의 여름과
열네 번의 가을과
열네 번의 겨울을 견디고
청춘을 구덩이에 숨어, 모조리 썩어버린 뒤에

시간이 가고
세월이 흐르고
한 명의 꼬마는 어른이 되었다
느릅나무보다 우람한 젊은이로
젊은이는 문득 생각한다

어린 시절 다 나누지 못했던 대화

그 빈틈

지금 꼭, 자신의 언어로 메워보고 싶다고.[22]

22) [원서의 붙임] 자료는 오우양 원빈(欧陽文彬), 『구멍에 숨어 14년—중국인 포로 류롄런의 기록(穴にかくれて十四年—中国人俘虜劉連仁の記録)』(新読書社, 1959)에 의거했습니다.

『이바라기 노리코 시집』
(1969)

절대 의심하지

헤엄친다, 헤엄친다

팔을 번갈아 휘저으며 호쾌하게

스태미나도 떨어지지 않아

무한히 헤엄친다

수층水層의 두터움도

몸에 걸리는 저항도

선명하게 각인된다, 역시 나는 헤엄칠 수 있었구나

　　　　　아무렴 헤엄칠 수 있고 말고

　　　　　헤엄치지 못할 리가 없잖아

잔물결 이는 시카호志賀湖[1] 아니

늪인 것 같다, 무서울 정도로 녹색인 걸

아 가네코씨다! 가네코 씨

가네코 미쓰하루[2] 씨에게 키스를 했다

---

1) 시카호(志賀湖)는 나가노현 시카 고원의 호수였으나 현재는 사라졌다.

2) 가네코 미쓰하루(金子光晴, 1895~1975)는 화가이자 시인이다. 허무를 내포한 자유인의 눈과 인간적 기욕(嗜慾)에 집착한 반 권력의 시를 쓴 시인으로 알려져 있다. 이바라기 노리코는 1999년에 시인평전 『개인의 싸움 ─ 가네코 미쓰하루의 시와 진실』을 펴냈다.

무척 괴로웠던 모양으로

아파! 하고 외치며 가네코 씨는

쌀쌀맞게 얼굴을 돌렸다

느닷없이 두 발을 움켜잡아, 거꾸로 들고

그 정강이에 부드럽게 부드럽게 키스했다

정강이 털이 딱 알맞게 부드러웠고

가네코 씨는 기쁘게 소리를 내며 웃었다

자주 가던 거리

여기야, 여기야

어째서 좀처럼 오지 못했던 걸까

세련된 가게가 몇 개나 늘어선 예각의 거리

스위스인가봐

험준하고 눈덮인 산들이, 멀리 날카롭게 솟아 있다

몇 번이나 쇼핑을 했던, 그리운 거리

들뜬 마음으로 예쁜 종이며, 잡화를 골랐다

나한테는 아이도 없고

인간의 미래 따위 알지 못한다

정글을 이리저리 도망쳐 살아남는다 해도

얼마 못가

백년을 산다 해도 인간은 들장미 열매를 조금 집어먹고

흔적도 없이 사라져버리는 이름모를 새와 다를 바 없다

후지와라노 미치나가[3] 씨

연표에서는 당신의 전성기도 겨우 5센티미터에

쏙 들어가니, 덧없구나

여기요 오라버니, 술 좀 가져와!

깨고 나면, 나는 맥주병

        가네코 님, 꿈속이라고는 해도

매우 실례가 많았습니다

        그 거리는 어디였을까

누군가의 기억이 섞여들어온 듯하다

        피묻은 채로, 설명도 없이

시무룩한 얼굴로

밀리고 밀린 세금을 내러 관청까지 갔다

내일까지 내지 않으면 전화 등등을 차압한다고

---

3) 후지와라노 미치나가(藤原道長, 966~1028)는 헤이안 시대의 귀족이자 정치가이다. 그의 딸 4명이 천황과 혼인하였고, 천황 3명의 외조부로 당시 일본의 최고실권자였다. 헤이안 시대의 섭관 중 가장 영화를 누렸다.

알려왔던 것이다

나쁜 길, 진창길, 버스 타면 다칠 걸 각오해야 하는 길

주지는 않고 빼앗기만 한다는 게 바로 이 경우인데

어째서, 이렇게 점잖은 걸까, 다들

아이가 없어도

인간의 어제 오늘 내일에는 상관한다구요

집요하게

아아, 개미취! 쓸쓸한 꽃이지만

무리지어 피어 있는 것은, 너무 좋아

한낮의 머리와 몸이

정상적인 것이라 굳게 믿고 있긴 하지만

하지만

호야 이야기
—바쿠[4] 씨에게

이바라기 씨는 좀 더 시시한 시를 써야 한다니까

예를 들면 말이지, 자기가 쉬를 한 거라든지 뭐 그런

다니카와 슌타로 씨는 그런 말을 하는 겁니다

그런 거 자기는 그다지 노래하지 않는 주제에 말이죠

가가대소하면서, 전혀 다른 날에

이이지마 고이치[5] 씨도 비슷한 말을 했습니다

꼭 그래서는 아니지만

바쿠 씨의 시를 연구할 필요가 생겨서

한 개도 남기지 않고 읽었더니

아아, 시시하면서도, 고귀한 보석이

아낌없이 바닷가에 흩뿌려진 것을 보았습니다

뒤늦게나마 팬이 되어

지금에 이르기까지 신선하게 빛나는 조개

당신이 남긴 여러 가지를

즐기고, 주우면서

---

4) 야마노쿠치 바쿠(山之口貘, 1903~1963)는 오키나와 출신의 시인이다.
5) 이이지마 고이치(飯島耕一, 1930~2013)는 일본의 시인·소설가이다.

한 번도 만나지 못했던 것을 후회하면서

당장 미미코[6] 씨를 만나고 싶다…

는 말이 툭 나왔습니다

찾고 찾은 끝에, 아가씨는

같은 호야 마을, 바로 코앞에

튼튼하게 생활하고 있음을 알았습니다

삼복三伏의 여름

정월에도 선풍기가 필요한 오키나와도 이럴 거라 생각되

는 날

두 사람은 함께 '무사시노'라는

중화요리점에 들어갔습니다

얼마나 실없는 가게였던지

해파리를 주문했더니 양접시에 고봉으로 수북하게

이걸 둘이서 먹으라고 하는 건지

바쿠 씨의 시에서 파란 복숭아같은 엉덩이를

노골적으로 드러낸다든지

붉은 끈 나막신을 신고 소개지疏開地를 활보하며

　'쥐새끼' '고양이새끼'

이바라기 사투리를 외치고 있던 귀여운 미미코 씨는

---

6) 미미코(ミミコ) 씨는 야마노쿠치 바쿠의 딸로 바쿠의 글이나 시에 종종 등장한다.

이제 꽃다운 아가씨로 성장하여, 허둥대지 않고, 소란피

우지 않고

산뜻하게, 오도독 오도독, 소리를 내며

해파리를 먹으려 하는 것입니다

사오마이[7]를 먹고, 조류 요리도 다 먹어치우고

그리고도 뭐든 냠냠쩝쩝 먹으며

말을 주고받다, 불현듯

나는 오랫동안, 멍청하게 잊고 있던 것을

생각해냈습니다

인생에 대한 예리한 나이프

젊고, 그런 만큼 깊은 허무!

미미코 씨와 친구가 되고 싶다

하지만 나이차이가 너무 많이 나는 걸까요

그런 생각을 감추고 이쪽의 나이를 중얼거렸더니

　"아직 젊어! 젊어!"

하는 겁니다

칼로 새긴듯 이목구비가 뚜렷한 남국 계통 얼굴

탄력을 숨긴 낭창낭창한 몸

---

7) 사오마이(燒卖)는 밀가루 반죽에 다진 돼지고기를 넣고 꽃 모양으로 빚어 쪄서 만드는
중화 요리이자 광동 요리의 한 가지이며, 딤섬의 일종이다.

씩씩한 마음

이런 사람, 좀처럼 없지

멋진 신랑이여, 하늘에서 내려와라!

먼곳으로부터, 슬며시, 당신이 남긴 걸작을

데려갈 사람 관찰하고 싶은 마음이 절실해져

담배 한 개비에 불을 붙였습니다

하고 싶지 않은 말

마음 밑바닥에, 강한 압력을 가하여
저장해 둔 말
입으로 말하면
글자로 적으면
순식간에 빛이 바랠 것이다

그것에 의해
내가 서 있는 것
그것에 의해
내가 살아갈 수 있는 사념思念

남에게 전하려고 하면
너무도 평범하여
결코 전달되지 않을 것이다
그 사람의 기압 속에서만
살 수 있는 말도 있다

한 자루 초처럼

치열하게 태워라, 남김없이 태워라

제멋대로

누구의 눈에도 띄지 말고

앞지르기

앞질렀다고 느끼는 순간이 있다
앞지르려고 생각하고 있던 것도 아닌데
좇아가고 있던 것도 아닌데
누군가를 앞질렀다고 느끼는 순간의, 형언할 수 없는 쓸
쓸함

아버지를 앞질렀다고 느껴버린 밤
나는 울었다, 침대위에서, 소리를 내지 않고
베개가 흠뻑 젖도록
아버지 코 고는 소리를 옆방에서 들으면서

그런 순간을 갖게 되어버린 내가
오오, 너무도, 싫다!
어떻게 보아도, 그 사람보다, 내가
뛰어나다고는 도무지 생각지 않는데

그러나 거부할 수는 없는 것이다

그것은 계시처럼

마치 누가 재빠르게 검으로 베어낸 것처럼

눈앞에 놓여진 몇 개의 단면이었다

언젠가

나 또한 줄 수 있을까

조카들에게, 젊은 벗들에게

이러한 찰나를

앞질렀을 때는, 확실히 알 수 있다

하지만

앞지름을 당했을 때는, 알지 못하는 듯 싶구나

목매어 죽은 사람

마을에 유일한 의사였던 아버지는
경찰의 통보를 받고
검시檢屍하러 가야 했다
딸인 나는 뒤를 따라 갔다
아버지는 굳이 말리지 않았다
그 무렵의 나는 제 눈으로 직접
뭐든 보고싶다는 의욕으로
차고 넘칠 때였다
수술실에도 들어가
한쪽 다리 절단을 기절하지 않고 볼 수 있다는 사실을
확인했었다
사귀고 있던 젊은 영문학자에게 말했더니
　"마치 정육점 같군요"
입을 비쭉이며 외과수술을 평했으므로
그 영문학자는 차버렸다

바닷가 소나무숲, 딱 적당한 소나무의

딱 적당한 가지에, 목을 맨 남자는 매달려 있었다

그리고 의지할 데 없이 흔들리고 있었다

낡아빠진 군복을 입고, 희미한 바람에

종이인형[8]처럼 흔들리며

그는 원래 바다에 들어가 죽으려 했던 모양이다

바지가 젖어, 딱 달라붙어 있다

주머니에는, 잔돈 몇 푼

어제 저녁 마을에는 등이 가득 켜 있었을 터인데

말을 걸만한 집은 한 집도 없었던가

죽은 이유는, 먹을 것 때문도

돈 때문도 아니었을까

쭈뼛쭈뼛 보고, 돌아오니

어머니는 화를 내며 소금을 확 끼얹었다

계집애가 어디서! 라고 외치며

목매어 죽은 사람을 검시했던 아버지 또한 죽었다

먼 옛날의 기억인데도

이 세상의 냉혹함을 한데 응축해 놓은 것같은

---

8) 테루테루보즈(照る照る坊主)는 맑은 날을 기도하며 처마 밑 등에 걸어놓는 종이 재질의 인형이다. 맑은 날이 되면 눈동자를 그려 넣고 신주에게 올린 뒤 강물에 흘려보낸다.

종이인형은

때로, 내 안에서, 지금도 흔들린다

사람들의 상냥함 속에서

사람들의 깊은 위로 속에서

『인명시집』
(1971)

되풀이되는 노래

일본의 어린 고등학생들

재일조선 고등학생들에게, 난폭하게 행패

집단으로, 음침한 방법으로

허를 찔린다는 건 이런 건가

머리로 확 피가 몰린다

팔짱을 끼고 그냥 보고 있었던 건가

그 때, 플랫폼에 있던 어른들

부모 세대에서 해결할 수 없었던 일들은

우리도 수수방관했고

손자 세대에서 되풀이되었다, 맹목적으로

다나카 쇼조[1]가 백발을 흩날리며

목청껏 외쳤던 아시오 동산광독銅山鑛毒 사건

---

1) 다나카 쇼조(田中正造, 1841~1913)는 메이지 시대의 사회운동가이자 정치가이다. 일본 최초의 공해(公害) 사건인 아시오 동산광독사건(足尾鑛毒事件)을 고발한 정치가로 유명하다. 아시오 동산은 구리 산지로 유명한 일본의 광산으로 당시 일본 전국 생산량의 4분의 1을 차지하였다. 구리 정련 시 연료에 의한 매연과 정제 시에 발생하는 이산화유황 광독가스, 배수 시에 포함된 금속 이온은 부근 환경에 막대한 피해를 입혔다. 만년에는 치수 사업에 힘을 쏟았다.

조부모들, 얼렁뚱땅 듣고, 적당히 얼버무린 일들은

지금 확대재생산되는 중이다

약삭빠른 어른들

절대로, 생각지 말라

우리 손에 벅찬 일들은

손자 대에서 타개해 줄 거라고

지금 해결할 수 없는 것은, 되풀이된다

더욱 악질적으로, 더욱 깊고, 넓게

이것은 엄숙한 법칙과도 같다

자기 배를 국부마취하고

스스로 집도

골치를 썩이던 제 맹장을 척출한 의사도 있다

현실에

이러한 호걸도 있는 것이다

다이코쿠야 양복점

버스가 서면
노인은 천천히 고개를 들었다
일손을 멈추고 타고 내리는 손님에게
눈길을 준다

버스가 학교 앞에 서면
늙은 안주인도, 천천히 고개를 든다
일손을 멈추고 남편과 함께
타고 내리는 손님을, 보는듯 마는 듯 보고 있다

하는 일은 바느질집
세이케이 학교 제복을 진종일 만드는 것이다
버스가 서면, 나도 버스 안에서 노부부를 본다
보는 자는 또한, 언제나 보이는 자이기도 하다

며느리로 보이는 사람을 본 적은 없다
더구나 기미조차 느껴본 적이 없다, 자식이나, 손주는

깔끔한 할머니와 할아버지로부터
간소한 오늘 저녁의 메뉴마저 떠오르는 듯하다

두 사람은 두 마리 나비처럼
나풀나풀 시선을 움직이다, 눈빛을 바꾸어
버스가 떠나면, 다시 말없이
세밀한 작업으로 돌아오는 것이다

잔잔한 행복이라 해도 좋을 분위기를
빚어내는 두 사람이지만
그들의 모습을 본 날에는
어째서인지, 깊은 수심이 내려앉는다

수심의 근원을 밝혀내고 싶다고
오랫동안 생각을 거듭해왔는데
짙푸른 느티나무 가로수를 옆에서 보며
때는 5월, 버스는 서고, 바람의 향기, 두 사람의 눈길을
만났을 때다!

이 나라에서는, 검소하고, 씩씩하게

살아가는 사람들에게, 마음 설렘을 허용치 않는다
스스로를 몰아세워, 때로는 흔들리는 그것조차도
자멸自滅시키고, 타멸他滅시키고, 협박하는 것이 있다

두 사람에게 결여되어 있는 것
나에게도 결여되어 있는 것
나날의 탄력, 살아가는 설렘
겉치레가 아닌, 속에서 솟아오르는 율동 그 자체

어린이에게도 젊은이에게도 노인에게도
없어서는 안 되는 것
그 빈자리가
그들이 일하는 모습 속에 있었던 것이다

남매

〈준코, 오빠가 좋아?〉

〈좋아해〉

〈좋아하는구나〉

　〈응, 좋아해〉

〈오빠도, 준코가 제일 좋아

　자 그러면…뭔가 요기 좀 할까〉

천사의 대화처럼 맑은 소리가

들려와서, 언뜻 잠이 깨었다

밤기차는 어슴푸레한 새벽 속을

달리고 있다

승객은 아직 곯아떨어져 있고

작은 새처럼 일찍 잠이 깨는 아이들만이

재잘거리기 시작한다

할아버지 손에 끌려 여름방학을

아키타에서 보내러 가는 모양인 귀여운 남매였다

창밖에는 본 적 없는 거센 파도가

철썩 철썩 넘실대고

적갈색 피부의 할아버지는 아직 잠들어 있고

불안해진 오빠가

사랑을 확인하고 싶어진 모양이다

뜻밖에 내 안에서 이 남매가

엄지동자처럼 성장하기 시작한다

20년 뒤, 30년 뒤

두 사람은 유산상속 문제로 다투고 있다

두 사람은 서로의 배우자 때문에, 틀어질 대로 틀어져 있다

'형제는 남이 되는 시초'[2] 라는 쓰디쓴 말을

억지로 삼키며 눈물 흘린다

아아, 그런 일이 없기를

그들은 흔적도 없이 잊어버릴 것이다

우에츠선羽越線의 쓸쓸한 역을 통과할 때

---

2) 같은 핏줄이라도 형제자매는 성장하면 제각기 처가에 대한 사랑에 끌리고 각자의 가
정을 위하게 되어, 우애도 희박해지고 믿을 수 없게 된다는 일본 속담이다.

나누었던 어린 대화 한 토막, 신기하다
앞으로 만날 일도 없을 타인인 내가
그들의 반짝이는 말을 건져올려
오랫동안 계속 기억하리라는 것은

임금님의 귀

주위 사람들과 이야기하고 있는 사이
남자들의 분위기가 점점 어색해지는 게 느껴졌다
어느 시골의 법회 자리
정신차리고 보니 자리를 가득 메운 건 남자들 뿐
나 혼자만 여자였고
무언가 논하고 있었던 자리였다
여자들은 큰 부엌에서 바쁘게 부지런히 일한다
나도 부산하게 움직여야 할 터였지만
사공이 많아 배가 산으로 갈 판국이어서
유유히 남자들 쪽에 섞여 있었던 것이다
특별히 건방지게 잘난 체한 기억도 없는데
가부장무리의 이 거만한 포즈는 무엇일까
그들의 귀는 당나귀 귀
둘러보니 꽤 젊은 당나귀도 있었다
　　(당나귀야, 용서해, 이거는 비유
　　너희들의 청각은 훨씬 훌륭하리라 생각한다)

여자들은 본심을 마음에 접어둔다

문을 닫듯이

갈 곳이 없는 말은, 몸 속에서 이리저리 날뛰고

마음에도 없는 말만 되풀이하며 지낸다

기온의 무희처럼 바보같이 굴어야 사랑받는다

할머니가 되고, 능력이 있는 자만이

접어둔 부채를 겨우 펴는 것이 허용된다

그 권위는 히미코[3] 못지않아

터무니없는 명령조차, 어른 남자가 두려워한다

　　　슬프구나, 마음에 접어두었던 것

　　　밖으로 꺼냈을 땐 곰팡이 피어

　　　낡아버린, 그것 어찌하기 어렵구나

친척 슈코 씨를 붙잡고

이 지방 남자들을 매도했더니

옛 가문의 무게에 눌려 고생고생 중인 이 사람은

희끄무레한 얼굴을 숙이며 쓸쓸하게 웃는다

　　　이따금, 저도 그렇게 느낍니다

　　　무언가 감상을 말하면

---

3) 히미코(卑彌呼, ?~248)는 일본 고대국가인 야마타이 국의 여왕이다. 통치자인 동시에 여
사제의 역할을 했으며 일본에서 가장 규모가 큰 이세신궁의 시조로 추정된다.

있어서는 아니될 일처럼

이상하고, 불쾌한 얼굴을 해요

하지만 생각해보면

아직 제가 젊다는 증거라고 생각해서…

뭉크의 '절규'라는 그림이

무척 마음에 든다고 옛날에 말했던 이 사람은

목구멍까지 치밀어오르는 절규를

지금도 누르고 죽이면서 견디고 있는 걸까

여자들이 쌍륙을 노는 방법

언제까지나 정석대로만 해야 하는 걸까

하여튼, 내가 출석했던 것은 에도 중기[4] 의 법회였어요

남자들이여, 어색해하려면, 하려무나

말해야 할 것은, 말해야 한다

내가 사는 도시에서는, 이런 일은 없지만

하지만, 잠깐, 기다려

한 꺼풀 벗기면 같은 게 아니었을까

얼버무리고, 비웃고, 백안시하고, 삐딱하게 굴고

무시하는 태도를 얼마간 위장한 것에 불과하다

여자의 말이 너무 날카롭더라도

---

4) 대략 18세기이므로 '조선 후기' 정도의 어감이다.

너무 직절하더라도

지리멸렬하더라도

그것을 정면으로 받을 줄 모르는 남자는

전혀 쓸모없다, 모든 면에서

그러하다

기억의 바닥을 뒤져보니, 벌써 25년은 지났다

나의 남성감별법 첫 번째이기도 했다

젓가락

젓가락이 떠내려오는 것을 보고

상류에 사람이 살고 있는 모양이구나

위로 위로 거슬러올라간 스사노오의 마음은

그립다

이상하게 그립다

쫓기고, 황폐해져

그는 어지간히 쓸쓸했었으리라

신화 속에, 얼핏 등장하고

지금도 다가오려 떠내려오고 있는 젓가락

거기에서 만났던 구시나다히메[5] 가

정말로 아름답고 고왔기를 빕니다

---

5) 시에 등장하는 '스사노오노미코토'와 '구시나다히메'에 대한 간략한 정보를 제공하는 『일본어저널』의 기사를 소개한다.
"하늘 세계에서 말썽을 부려 지상으로 추방된 신, 스사노오노미코토는 지금의 시마네현에 해당하는 이즈모로 내려오게 된다. 그곳에는 여덟 개의 머리와 꼬리를 가진 커다란 뱀 야마타노오로치가 있었는데 매해 젊은 아가씨를 한 명씩 잡아 먹고 마지막으로 구시나다히메가 제물로 바쳐질 상황이었다. 스사노오는 구시나다히메와 결혼하게 해주면 야마타노오로치를 물리치겠다고 했고 독한 술을 여덟 동이 준비해 야마타노오로치가 그것을 마시고 취해 잠든 사이 머리와 꼬리를 잘라 죽였다. 그리고 약속대로 구시나다히메를 아내로 맞이했다."(일본어저널 2019.10.07 조혜정 기자) https://naver.me/xYTqdwM3

토란이 대굴대굴

아이는 당황하여 젓가락을 푹 꽂았다

곡예처럼 어려운 일을

매일 되풀이하고 있는 사이에

어느새 익혔다

막대기 두 개를 다루어, 모든 것을 먹는 기술을

밥상의 내용은 바뀌고

담는 그릇, 나뭇잎에서 다채롭게 바뀌고

냄비를 둘러싼 사람 수도 바뀌고

땔감도, 어느새 바뀌었는데

용케도 젓가락만큼은 몇 천년이나 같은 모습으로

두 개 똑바르게 이어져왔구나, 놀라운데

아무도 별로 놀라지 않는 듯하다

차분히

내 젓가락 보니, 칠이 벗겨져 얼룩덜룩

젓가락 문화권의 끄트머리

궁형弓形의 섬들에, 다시, 가을이, 오고

      몇 억년 째의 가을인가?

짠 장아찌를 집어먹으며

떫은 차를 홀짝이는 시나노信濃사람

삼나무 젓가락을, 탁, 쪼개어

별 이상스러울 것도 없이

나도 끓고 있는 〈기리탄포〉[6] 속에서

이것저것 집어주었다

판탈롱, 나팔바지를 입고

마구 큰소리를 치고 있는

육촌의

앞접시에

---

6) 기리탄포(きりたんぽ)는 아키타 지방의 향토요리로, 갓 지은 밥을 양념 절구로 찧고 삼나무 꼬챙이에 원통형으로 발라 구운 것이다. 냄비 요리에 사용하며 닭고기·우엉·미나리 등과 함께 우려낸 육수에 삶아 먹는다.

선술집에서

나한테는 할아버지 한 분이 있었다
같은 핏줄이 아니었는데도 귀여워해 주셨다
할아버지가 작은 북을 치고
세 살배기 나는 팔랑팔랑 춤을 추었다
진짜 덴구 탈[7]을 쓴 이들이 문마다 서게 되면
백목련 꽃이 피기 시작하고
차츰 봄이 되는 것이었다.

나한테는 할머니가 한 분 있었다
자식 여덟을 기르고, 만년에는 오관五官이 죄다
완전히, 헐거워져
퍽 이상한 소리도 내시곤 했던
재미있는 분이었지
심각할 때도 콧노래를 부르는 습관이 있었어

---

7) 정월에 사자탈을 쓰고 춤을 추며, 풍년을 빌거나 악마·마귀를 쫓아내는 무악이 있는
데, 지방에 따라 덴구 탈을 쓰는 경우도 있었다. 덴구(天狗)는 상상 속의 괴물로, 얼굴이
붉고 코가 길고 높게 생겼다고 한다.

나한테는 유모가 한 분 있었다
어째서인지 나를 매우 아끼셔서
정말정말
소중하고 소중한 것을 다루듯
나를 대하는 분이었지
다들 돌아가셨는데
나는 이제 누구한테 사랑받고 싶은 생각이 없어
새삼스레 여자에게 인기를 끌고 싶은 따위
손톱만큼도 생각이 없어
나한테는 세 명의 기억만으로 충분해!
세 명의 기억만으로 충분해!

고주망태 사나이의 이름은 겐 씨였다
목소리는 걸걸했지만
속은 우아하다는 느낌이 들었다

기차가 이제 곧 도착할 것이다
삐걱거리는 문을 열고 가게를 나서니
바깥에는
눈이 펑펑 내린다

몇 사람의 대가 없는 사랑을 착실히 간직한 이도 있고
많은 사람에게 사랑받지만 아직 불만스런 놈도 있고
아무한테도 사랑받은 기억이 없으면서 여전히 의기양양
하게 사는 자도 있다

앎

H₂O라는 기호를 알고 있다고 해서
물의 성격, 본질을 아는 것은 아니다

불교의 도래는 1212년이라고 암기하고
일본의 1200년대를 몽땅 안듯한 착각

타인의 쓸쓸함도, 회한도, 머리로는 안다
그 사람 특유의 노발怒髮도, 절치부심切齒腐心도, 눈에는
보인다
그러나 내가 그것에 현혹되어 밀착할 수는 없으니
                        모르는 것이나 마찬가지리라

타인에게는, 만질 수도 없는
어디에서 솟는지 모를 나의 적료寂寥 또한
그것을 일거에 메우려면, 상상력의 날개를 펼칠 수밖에
없을 터인데
이 날개도, 손질한 것 치고는

튼튼해졌다고도, 탄력이 생겼다고도, 딱 잘라 말할 수 없다

함부로
알았다, 알았다, 알았다고 외치는 히토시는
내가 알았다고 말할 수 있는 것은
무엇과 무엇과 무엇일까

불혹을 지나, 깜짝 놀랐다
지니고 있는 지식의 애매함, 어림짐작, 자신의 얄팍함!
간신히 구구단을 막 외운
내 어렸을 때와 꼭 닮은 조카에게
그럴듯한 것을 전해주고 싶어, 뒤돌아보면서
하려던 말이 덜컥, 걸려, 입을 다물었다

호랑이 새끼

진눈깨비가 내리는 날에

가네코 미쓰하루 씨가 우리집을 처음 방문했다

협심증 증상을 말하며

앞으로 2~3년은 버티겠지요라고 물었다.

의사인 남편도 대답할 길이 없었다

하고 싶은 일이 많이 있어

앞으로 약간 더 살고 싶다고 했다

훌륭한 장거리 러너를 맞이하여

주스나 스펀지[8] 대신

사락사락 말차를 거품 내고 있는데

풍류가 있군요, 라고 말하면서도

　"저는 냄새에 둔해서요

　변소 안에서 메밀국수를 먹는 모습을 보인 적도 있지
요"

　"약이라면 환장을 해서, 뭐든 먹어치웠지요

　다타미 위에 굴러다니는 놈을

---

8) 마라톤에서 체온관리를 위해 급수대에 배치하는 물에 젖은 스펀지를 가리키는 듯하다.

덥썩 입에 넣고, 나중에 봤더니, 그게

자궁수축제였어요

약도 놀랐을 거라 생각해요

들어오긴 왔는데"

"아닙니다, 자궁이라 해도 근육이니까

가네코 씨의 근육 어딘가는 수축되었겠지요"

이러한 기묘한 대화 끝에

두툼한 쉐퍼 만년필을 잊고 가셨다

그것은 우리집 신문꽂이 바닥에

아무도 모른 채 일주일, 잠들어 있었다

한참 지나 내가 가네코 댁을 찾아갔다

역시 추운 날

북향의 좁은 방에는 참숯이 성실하게 타고 있었다

황색과 갈색의 무척 두툼한 털실로

듬성듬성 뜬 스웨터를 입고

가네코 씨는 귀여운 호랑이 새끼처럼 앉아 있었다

"어떻습니까, 요즘, 하고 있습니까?"

라는 질문을 받는 것은, 괴로웠다

하고 있다고 해도 거짓말이고

하고 있지 않다고 해도 거짓말이다

　"무위無爲이면서, 하지 않음이 없는

　이 위태로운 반어적 세계를, 그 본래 의미에서

　힘차게 살아내 보인 것은

　가네코 씨가 아닙니까

　1970년대에도, 그것은 가능한지

　가능하다면, 어떤 형태로인지

　이제서야 드문드문, 그것을

　그러나 꽤 깊은 곳에서 궁리 중입니다"

라고 말하면, 얼마간 정확한 답이 될 듯하지만

입밖에 내면 거슬릴까봐

　"에헤헤헤, 게으름 피우고 있습니다"

하고 머리카락이라도 뒤로 쓸어올리는 수밖에 없었다

놓고 간 물건을 돌려드리고 물러나올 때

　"나오지 않으셔도 됩니다"라고 말했는데도

가네코 씨는 쓱 일어나 현관까지 배웅나왔다

하의는 양모 기모노

벽돌색 오코시[9] 같은 것도 팔랑팔랑

---

9) 오코시(おこし)는 허리에 두르던 옷을 가리킨다.

그 위에 낙낙하게 호랑이 터틀넥 스웨터였다

맥시[10] 라고 해야할지

    (아니아니 이 유행도 순식간에 지나갈 테지)

아니면 탈속脫俗이라 해야 할까

'마음 가는대로'라는 말이 어울릴까

마음속 한가득 끙끙대며

돌아오고나서 마음을 가라앉히고

자알 생각해보니

그는

일본이 감추어두고 싶은 소중한 호랑이 새끼

라는 생각이 들었다

---

10) maximum. 1970년경 미니스커트에 대응한 패션으로 유행했던, 복숭아 뼈가 가려질
정도로 길이가 긴 스커트를 말한다.

『제 감수성 정도는』
(1977)

시집과 자수

시집 코너는 어디입니까
용기를 내어 물었더니
도쿄도 서점 점원은 금방 안내해 주었다
자수 책이 가득히 꽂혀 있는 곳으로

그제서야 퍼뜩 알아차린 것은
시집^{시슈}과 자수^{시슈}
일본어 발음이 완전히 같으니
그는 잘못이 없다

하지만
여자가 찾는 시슈라면
자수일 거라 확신하는 것은
옳은가, 옳지 않은가

사례를 하고
그다지 볼 생각도 없는 도안집 따위

홀홀 넘기는 처지가 되니
이미 시집을 찾으려는 의지는 부서졌다

두 가지 시슈의 공통점은
모두 이것
천하에 널리 알려진 무용지물
그렇다 해도 완전히 없앨 수도 없는 것들

가령 금지령이 떨어진다 하더라도
속옷에 자수하는 사람은 끊이지 않을 것이다
말로 무언가 수놓으려 하는 자를 근절하는 것도 불가능
하리라
그런대로 위안하며 씩 웃고 가게를 나선다

파도소리

술 따르는 소리는 '토쿠토쿠토쿠'이지만
'칼리타 칼리타'라고 들리는 나라도 있고

파도소리는 '도분 자 자 자'인데
'철썩 철썩'이라고 들리는 나라도 있다

맑은 술을 '칼리타 칼리타' 기울이고
'철썩 철썩' 파도소리 되치는 숙소에서

혼자, 취하니
모든 것이 죄다 드러나 밝혀질 듯한 밤입니다

어릴 적하고 조금도 다름없는 기질이 있어
비애만이, 더욱 깊어지고

제 감수성 정도는

푸석푸석하게 말라가는 마음을
남탓으로 돌리지는 마라
스스로 물주기를 게을리 하고서는

신경질적이 된 것을
친구 탓으로 돌리지는 마라
유연함을 잃은 것은 어느쪽인가

짜증나는 것을
피붙이 탓으로 돌리지는 마라
무엇에든 서툴렀던 것은 나

초심이 사라지기 시작하는 것을
생활 탓으로 돌리지는 마라
애시당초, 허약한 마음에 지나지 않았다

가망없는 일체를

시대 탓으로 돌리지는 마라
그나마 남은 존엄마저 버리는가

제 감수성 정도는
스스로 지켜라
바보들이여

존재의 비애

남자에게는, 남자의
여자에게는, 여자의
존재의, 비애
일순 향을 풍기다, 순식간에 사라지고

좋아하지 않았던 사람의
갖가지 무례함을 허용하고
불현듯 받아들여버리거나 했던 것도
그런 때

그런 때는 한없이 있었는데
그게 왜 있었는지
이제 일일이 더듬을 수가 없다
누군가 했던 한 곡의 하프 즉흥연주처럼

종잡을 수 없는 말투, 머리를 정돈하는 손
뒷모습이었을까, 가짜 울음이었을까

살랑살랑 움직인 시선, 바스락바스락 말소리

아니면 전병을 갉아먹는 소리였던가

오우메 가도

나이토 신주쿠에서 오우메까지

곧장 연결될 터인 오우메 가도[1]

말똥 대신 배기가스

끊임없이 줄지어 서서

시각을 다투며 핏발 선 눈으로 핸들을 잡은 이들은

오늘 아침 벌떡 일어나 세수했을까?

꾸물꾸물 반창고를 떼어내듯 침대와 떨어졌다

　　구루미 복사지

　　동양합판

　　사케 기타노호마레

　　마루이 크레디트

　　다케하루 콘크리트

　　아케보노 빵

가도 한 군데에 버스를 기다리느라 서 있으니

무수한 중소기업 이름

---

1) 오우메 가도(靑梅街道)는 에도시대에 성을 축조할 때 무사시오우메의 석회암을 운반하
기 위해 개설된 것으로, 도쿄 도의 신주쿠에서 다마 강 유역을 지나 고후 분지에 이른다.

갑자기 신선하게 눈앞을 스쳐지나가고

필사의 가문家紋

과연 몇 년 뒤까지

보존될까 의심하면서

음력 5월 초하루 고이노보리[2]

천연덕스럽게 바람을 삼키고

느티나무 새싹은, 우듬지에 돋고

청량한 말차, 하늘에서 마시는 것은 누구인가

일찍이 막부 말기에 살았던 자, 누구 하나 현존하지 않는다

지금 막 태어나 첫 울음을 우는 이도

80년 뒤에는 썰물처럼 사라질 것이다

바로 그렇기에

지금을 살아 맥박이 뛰는 이

불현듯 사랑스러워 읽는다, 소리내어

　　뎃포 스시

　　가키누마 상사

　　알로베이비

　　사사키 유리

---

2) 고이노보리(鯉のぼり)는 종이 또는 천으로 잉어 모양을 만들어 단오 명절에 올리는 장대로, 바람이 잉어 머리쪽부터 들어가 펄럭인다. 남자아이의 성장과 출세를 상징한다.

우다가와 목재

잇세이샤 세탁

파머시 그룹 정기편

쓰키시마하츠조 용수철

기타 등등

두 명의 미장이

집에 온 미장이

장발에 콧수염

흰색 바탕에 감색 용이 춤추는 손수건 몇 장으로

앞이 트인 라운드 넥 셔츠를 만들어 입고 있다

여기저기 비늘이 튀어

호방함과 패셔너블함이 혼연일체

빈틈없는 좋은 감각

비계를 타고 온 그

창문 너머로 살짝 내 책상을 엿보고

　"부인의 시는 나도 이해할 수 있어요"

기쁜 말을 해줄까나

십팔 세기, 차이코프스키가 여행하고 있었을 때

어떤 미장이가 흥얼거리는 민요에 넋을 잃어

당장 그 자리에서 채보했다

안단테 칸타빌레의 원곡을

홍얼거렸던 러시아 미장이

그는 어떤 옷차림을 하고 있었을까

얼굴

전철 안에서, 꼭 여우같이 생긴 여자를 만났다
아무리 보아도 여우였다
어떤 마을의 골목길에서, 뱀눈을 한 소년을 만났다
물고기인가 싶을 만큼 하관이 벌어진 남자도 있고
개똥지빠귀 눈을 한 늙은 여자도 있으며
원숭이 닮은 얼굴은, 아주 흔하다
한 명 한 명의 얼굴은
멀고 먼 여행길
아득해질 만큼 까마득히 먼 거리
그 끝에서 한순간에 핀 꽃인 것이다

당신 얼굴은 조선계통이야, 조상이 조선인가 보군
하는 말을 들은 적이 있다
눈을 감으니 본 적도 없는 조선의
맑게 갠 가을하늘
푸르름이 막힘 없이 펼쳐져 있다
아마 그렇겠지요, 하고 나는 대답했다

찬찬히 보며

당신의 조상은 파미르 고원에서 왔군요

단정적인 말을 들은 적이 있다

눈을 감으니

간 적도 없는 파미르 고원의 목초

냄새가 나기 시작해

아마, 그렇겠지요, 하고 나는 대답했다

나무 열매

높은 가지 끝에

파랗고 커다란 열매가, 하나

현지의 젊은이는, 거침없이 올라가

손을 뻗어 떨어뜨렸다

나무 열매로 보였던 것은

이끼가 낀 한 개의 해골이다

민다나오섬[3]

26년의 세월

정글의 조그마한 나뭇가지는

전사한 일본병사의 해골을

기세좋게, 슬쩍 걸치고

그것이 눈구멍인지, 콧구멍인지 모른 채

젊고 우람한 한 그루 나무로

쑥쑥 상장하고 있었던 것이다

---

3) 민다나오섬(Mindanao Island)은 필리핀 제도 남단에 있는 큰 섬이다. 1945년부터 종전
까지 일본군은 미군·필리핀 게릴라와 전투를 벌였다.

생전

이 머리를

둘도 없이, 사랑스럽게

품에 안았던 여인이, 꼭 있었을 것이다

작은 관자놀이의 숨구멍을

가만히 보고 있었던 것은 어떤 엄마

이 머리카락에 손을 휘감아

상냥하게 끌어당겼던 것은 어떤 여인

만약, 그게, 나였다면…

말이 막혀, 그대로 1년의 세월이 흘렀다

다시 원고를 꺼냈고

끼워넣을 만한 마지막 행을, 찾지 못한 채

다시 몇 년인가가, 흘렀다

만약, 그게, 나였다면

에 이어지는 1행을, 끝내 채워넣지 못한 채

사해파정

전쟁책임을 묻자
그 사람은 말했다
　　그러한 언어의 기교에 대하여
　　문학 방면은 그다지 연구하지 않았으므로
　　대답하기 어렵습니다[4]
저도 모르게 웃음이 터져나와
거무칙칙한 웃음을 피 토하듯
내뿜다, 멈추고, 또 내뿜었다

세 살배기 아이라도 웃었을 것이다
문학연구를 하지 않아, '아빠빠빠빠'라는 말도 못한다 말
한다면
네 개의 섬
모두들 웃어서, 뒤흔들렸을까
삼십년에 한 번 나올까 말까 한 엄청난 블랙 유머

---

4) 1975년 10월31일 쇼와 천황의 발언이다.

한데에 버려진 해골조차

달그락 달그락 달그락 웃었는데도

일소에 부치기는 커녕

요리토모 급의 야유 하나 나오지 않는다

어디로 갔는가, 모조리 흩어졌는가, 라쿠슈교카[5] 스피릿

사해파정[6]

아무 말도 없는 으스스한 군중과

고시라카와 이래의 제왕학[7] 아무 소리도 없이 달라붙고

올해도 제야의 종소리는 맑게 울린다

---

5) 라쿠슈(落首)는 사람 많은 곳에 세우는 익명의 게시판이고 교카(狂歌)는 짧은 풍자시이다. 에도 이전부터 있었던 것이나 에도 시대에 특히 발달했다.

6) 사해파정(四海波靜)은 천하의 풍파가 잔잔해져 고요하다는 사자성어이다.

7) 고시라카와 천황(後白河天皇, 1127~1192)은 헤이안 시대의 일본 천황이다. 제왕으로서의 자질이 부족한 상황에서 천황으로 즉위했고 이후 각종 내란 등을 겪어야만 했다. 고시라카와는 그 과정에서 미나모토노 요리토모(源賴朝, 1147~1199)와도 협력하거나 대립했다. 가마쿠라 막부를 세우게 되는 무장 미나모토노 요리토모는 고시라카와를 가리켜 '천하 제일의 요괴(天狗)'라 불렀다.

『촌지』
(1982)

몇 천 년

모래의 흐름에 묻혀

몇 천 년을 잠들어 있다

느닷없이 잠자는 모습이 드러나게 된

누란의 소녀[1]

꽃이 피기도 전에 눈을 감고

금발에 작은 펠트 모자

라사와 가죽으로 된 세련된 옷

나긋나긋한 발에는 구두를 신었고

미이라가 되어서도

수줍어하는 귀여움을 남기고

몸을 움직이는 당신에게서 피어오르는

중얼거림

---

1) 누란의 소녀(樓兰美女, Beauty of Loulan)는 위구르에서 발견된 여성 미이라이다. 김춘수의 시 '누란의 사랑'이나 윤후명의 소설 『돈황의 사랑』 등의 소재가 되기도 했다.

아아, 아직, 그대로구나

그렇게 많은 바람

그렇게 많은 별이 돌고

그렇게 많은 비애가 흘러갔는데도

차가운 맥주

차가운 맥주는
옛날 모두가 동경하는 것이었다
불과 이십년 전
원할 때 원하는 만큼 꺼내서
아주 차가운 걸 꿀꺽꿀꺽 마신다면
아마도 그게 천국이겠지
정신을 차려보니
어느새 현실이 되어
이른 아침부터 마시는 사람도 있고
춘하추동, 어느 집에나
차가운 맥주 몇 개쯤은 잠들어 있고
노상자판기에서도 손쉽게 살 수 있다
하지만
아아 천국!
아아 감로수!
절실하게 감탄하는 이는 없고
그다지 행복해하지도 않는다

불로장수도 동경했었다

옛날부터 약초를 구하고

신선이 되기도 하고 연금술에 정신을 팔고

지혜를 모아, 추구했던 것이

몸을 비비 꼬며 갈망했던 것이

지금은 현실, 평균수명이 거의 팔십세

도와줘!

손에 넣은 보물상자의 실태에 아연실색

모두 어휴 어휴 깊은 한숨

서로 얼굴을 마주보며

이럴 리가 없는데

쓴맛

사람이 있을 뿐

그저, 사람들이 있을 뿐

말이 다르고

풍속이 다르고

바람과

눈과

해의 분량이 다른 정도

밤이 되면 불을 켜고

아침이 되면 일하러 나가고

아이를 기르다, 죽는다

상냥한 대접을 받으면 물결처럼 기쁨이 번지고

심한 대접을 받으면 잊지 않으리라 주먹을 쥔다

어쩌면 이렇게 닮았는지

이상적인 나라도

순식간에 풍화되고

무엇이든 영원히 지속되지는 않는다

이완과 긴장을 오가는 것이 생물의 호흡이므로

과거에 두레박을 내려

느긋하게 물 한 잔 길어올리지 못하는 우둔함

도토리 키재기

어린아이를 교육하는 따위

무슨 낯짝으로 그러는지, 어느 나라나

피투성이 손으로

씻어도 씻어도 씻기지 않는 손으로

아이들은 벌써 눈치채고 있는데도

퇴화했을 터인 꼬리뼈로부터

주렁주렁 매달린 꼬리

교활하고 사나운, 정부라는 이름의 꼬리

질리지도 않고 돋아나서

라기보다 줄줄이 제 스스로 돋아나서

꼬리는 우렁차게 외친다, 백성이 주인이라고

어디가 머리고 어디가 꼬리인지

사람이 있을 뿐

그저, 사람들이 있을 뿐

그 언저리까지는 왔으면서

날짐승 들짐승 물고기보다도 훨씬 못한 생활

그들의 무심

그들의 고요함에 미치지 못한다

누가 처음 말했을까, 사람이 지적인 생물이라고

아직 물기가 듬뿍 남은 지구에서

사십오억 명

지겨울 정도로 어쩌면 이렇게 닮았는지

웃어

갑자기 밝은 세계가, 저어편에
길고 긴 터널 저편에, 두웅글게
자아 나오는 거야
빠져 나오는 거야
한쪽엔 들꽃이 한들한들
바람도 불어 좋은 향기
반짝반짝 빛나는 저 세계로
자아

이야기해 준 것은
죽음 직전까지 갔다 살아 돌아온 사람
누가 이름을 불러서
끈질기게 불러서
자꾸 끌어당겨서
의식이 돌아오기 직전까지 안절부절 못했지
아이고 시끄러워
살짝 한 번 등을 밀어주기만 하면

저쪽으로 갈 수 있는데

아아 바보, 멍청이!

문득 떠오르는 아주 오래된 우화

옛날 서역에 아름다운 아가씨가 있었다고 한다

진왕晉王이 원정하는 도중

다짜고짜 말 위로 약탈

아가씨는 목 언저리가 흠뻑 젖도록 오열하며

어찌될지 불안불안

어디에 가는지 전혀 알지 못했고

고향을 잊을 수 없어, 슬픔에 잠겨

울며불며 끌려가, 도읍에 도착하니

산해진미에, 옷이 한가득

왕의 부인이 되어 총애를 얻자

　"어머나, 이럴 줄 알았으면, 울 일도 없었을 텐데"

고운 눈길, 생긋 웃음, 요염하였다

그녀의 이름은 여희驪姬

　"필시 죽음도 이러한 것이리라"

일찍이

어떤 종교서적보다 위로받은 적이 있는

장자莊子의 시선

틀림없이 이쪽이야말로 지옥이 아닌가

아니라면 어찌하여 이렇게도

조마조마 갈팡질팡 해야 하는가

시간의 톱니바퀴에 시달리고

고통에 농락당하며

힘껏 싸우기도 하다

고역완료苦役完了

무죄방면無罪放免

그런데, 왜?

섭섭한듯 뒤돌아보고 뒤돌아보며

가는 사람들이여

사납고 거칠기 짝이 없는 오랑캐땅이더라도

오래 산 까닭에 그리운가?

아직도 고역苦役이 남은 몸은

그 불가해함을 향하여 외친다

자

웃어!

저쪽에서

여희라는 아가씨처럼

상쾌하게

듣는 힘

사람 마음의 호수
그 얕고 깊음에
걸음을 멈추고 귀를 기울인
적이 없다

바람 소리에 놀라거나
새 소리에 푹 빠지거나
홀로 귀를 쫑끗 세우는
그런 몸짓으로부터도 멀어져 갈 뿐

작은 새의 대화를 알아들은 덕에
오래된 나무의 고통을 도와
아름다운 딸의 병까지 고친 민화
'들리네 두건'[2] 을 갖고 있었던 가족

---

2) 들리네 두건으로 옮긴 '키키미미 두건'(聞き耳頭巾)은 일본의 전래동화에 등장한다. 머리에 쓰면 동물 소리를 들을 수 있어 그들을 도운 뒤 복을 받는다는 내용이다.

그 후예는 제 일에만 정신이 팔려있고
불그스름한 혓바닥만 빙빙 헛돌리며
어떻게 속여넘겨 볼까
어떻게 짓눌러 줄까

하지만
어떻게 말이 될 수 있겠는가
다른 것을, 가만히
받아들이는 힘이 없다면

방문

한 마디 말이
찾아와서
의자에 앉는다
여어!

내 머릿속의
작은 의자에
어떤 때는 셋씩 넷씩 무리지어 와서
벤치에 늘어앉는다, 어디에서 온 것일까

의아하긴 하지만, 차 따위를 준비한다
대화가 시작된다
거칠긴 하지만, 매력이 있다
조금, 접대한다

눈 깜짝할 사이에 그들 패거리로 가득 찬다
덩굴에 줄줄이 딸려나오듯

말이 말을 불러들여
마법처럼 심히 넘친다

방약무인
그들에게는
잠깐 동안 머무를
비둘기집처럼

음표가 사람을 방문할 때도
이런 식인 걸까
그들이 오지 않았다면
내 가슴속 줄도 울리지 않았다

어디론가에
일제히 날아간 뒤
시 한 줄이
출구를 찾기 시작한다

떠들썩한 와중의

말이 너무 많다
라기보다
말 비슷한 것이 너무 많다
라기보다
말이라 부를 만한 것이 없다

이 불모의, 황야
떠들썩한 와중에 드러나는 망국의 조짐
쓸쓸하구나
시끄럽구나
얼굴이 일그러진다

때로
듬뿍 충전되어
후련하게 방출된 일본어를 만나
감전된듯 기뻐하는 내 반응을 보면
나날이 침식되고 있던 것이다

얼굴을 일그러뜨리는 쓸쓸함
까닭이 없는 게 아니구나

안테나는
끊임없이 수신하고 싶어한다
깊은 희열을 안겨주는 말을
사막에서 한 잔의 물을 마시는 듯한
까맣게 잊고 있던 것을
순식간에 떠올리게 할 듯한

뒤처진 자

오치코보레落ちこぼれ

　　화과자 이름에 붙이고 싶어지는 부드러움

뒤처진 자오치코보레

　　지금은 자조적이거나 능력없는 사람이라는 의미

뒤처지지 않기 위한

　　어리석고 애달픈 수업

뒤처진 자한테서야말로

　　매력과 느낌이 풍겨나오는 건데도

뒤처져 떨어진 열매

　　품에 가득 포용하는 것이 풍요로운 대지

그러면 네가 뒤처지거라

　　예, 여자로서는 벌써 뒤처진 자

뒤처지지 않고 먹음직스럽게 되어

　　호락호락 남의 먹이가 될 것 같으냐

뒤처지거라

　　결과에 목매지 말고

뒤처지거라

눈부신 의지를 갖고

촌지

어딘가에서

애기가 발성연습을 하고 있다

질리지도 않고 모음만을 되풀이한다

앵무새 새끼처럼

나도 저렇게 했을 테지

'운마'라고 엄마를 부른 게

처음으로 한 일본어인 모양인데

그 때, 정식으로 인사해두지는 않았다

〈앞으로 일본어를, 사용하기로 하겠습니다〉라고

상속세도 내지 않고

얼렁뚱땅 내 걸로 삼았다

단무지, 시금치, 알, 알, 알사탕

글자를 읽을 수 있게 되니

정신없이 말을 배워

정예精銳, 목련, 닌나지[3], 짐朕

---

3) 닌나지(仁和寺)는 교토의 유명한 절이다.

흩날리지 말게나[4], *쓰쓰이즈쓰*[5]

에구치 마을[6]은 어디에 있으려나

조금씩 조금씩 고이고

조금씩 조금씩 쌓여서

내 어휘가 지금 몇 천 단어인지

몇 만 단어인지 계산할 수 없을 정도인데

어디에서도 소득세를 물리지 않는다

'앗', 하고 깜짝 놀라니, 허리를 삐끗

태어나서는, 쓰다 버리고

쓰다 버려진 것을, 다시 줍고

주운 것을 아낌없이 함부로 버리고

사람은 오고

사람은 떠난다

눈에는 보이지 않는 퇴적은 새까만

더할 나위 없이 풍요로운 부식토가 되어

아무리 작은 종자일지라도

반드시 발아시키고 말 것이다

---

4) 『만엽집』 권2 (137)의 시구 일부이다.
5) 쓰쓰이즈쓰(簡井筒)는 어린시절의 이성친구를 비유하는 말로 『이세 이야기』에 나온다.
6) 에구치 마을(江口の里)은 오사카의 지명으로 잣코지(寂光寺)라는 절이 있다.

대부분은 잰걸음으로 지나간다

사는 일에 바빠서

흙을 갈아엎지도 않고

색깔도 보지 않고

냄새도 맡지 않고

하지만 그것은 멋진 일인지도 모른다

뜻밖에 세련된 작업 멘트

박력 넘치는 대사를 날리거나 하면서

전혀 알아차리지 못하는 것은

태어났을 때가 〈아-〉이고

죽을 때가 또한 〈아-〉하여

유언장 작성하는 게 유행인데

〈나의 음성언어 양도의 건〉이라는

분배서를 기탁하고 돌아간 사람도 없었다

햇빛과 바람과 물처럼

그것 없이는 살 수 없는 것이

완전히 잊혀지고

〈온다 온다 하는 이야기, 거짓말 아니야〉

쉴 새 없이, 팔랑팔랑

궁상맞은 잎사귀가 내려 쌓인다

된장국을 일년 동안 먹지 않아도
아무렇지 않은 축들도 늘어나서
　"언제부턴가
　국토라는 것에 의심을 품었을 때
　나의 조국이라 부를 수 있는 것은
　일본어라는 생각이 들었습니다[7]"
라는 명언을 내뱉은 사람이 그리워지고

다이얼을 돌렸지만 부재중이었다
스와힐리어로 생활하는 사람들도
이와 같을 것이라
고 전하고 싶었다

모국어로
절절하게 감사를 전하고 싶었지만
하릴없이
하다 못해 수제 연말 선물이라도 보낼 셈으로

---

7) [원주] 이시가키 린(石垣りん)의 저서 『유머의 쇄국(ユーモアの鎖国)』에서.

일년에 몇 번쯤은

시 비슷한 것이라도 써야지

『이바라기 노리코』
(1985)

활자를 떠나

시간표도 보지 않고
신문도 읽지 않는데
하물며 책 따위!
활자와의 인연을 끊으면
머릿속 안개가 걷혀
아주 튼튼해짐을
몇 차례 여행에서 배웠다

안경도 없고
카메라도 없이
보는 듯 마는 듯 보는 것은
남모르게, 조용히 맑게 갠 것
지성으로 피었다가, 단순히 지는 꽃
낡은 집을 잠시 밝게 만드는 히나인형[1] 말없이 있으면서
침착하게, 속 깊게, 존재하는 것들

---

1) 히나마쓰리(雛祭り)는 3월 3일에 여자아이의 행복을 비는 전통행사로 이때 작은 히나
인형을 제단에 장식하고 감주·떡·복숭아꽃 등을 차려 놓는다.

혼자 있는 흥겨움

혼자 있는 것은, 흥겹다
흥겹고 흥겨운 숲이다
꿈이 톡톡, 터져 나온다
안 좋은 생각도, 솟아 나온다
에델바이스도, 독버섯도

혼자 있는 것은, 흥겹다
흥겹고 흥겨운 바다다
수평선도 기울고
더할 나위 없이 사나운 밤도 있다
바다 잔잔한 날 태어나는 명주조개도 있다

혼자 있는 것은, 흥겹다
맹세코 억지를 부리는 게 아니다

혼자 있을 때 쓸쓸한 놈이
둘이 모이면, 더욱 쓸쓸하다

잔뜩 모이면
더, 더, 더, 더욱, 타락한다

사랑하는 이여
아직 어디에 있는지도 알지 못하는, 너
혼자 있을 때, 가장 흥겨운 녀석으로
있어 주게

호수

〈원래 엄마란 건 말야
　고요
한 데가 있어야 하는 법이란다〉

명대사로구나!

뒤돌아보니
양갈래머리와 단발머리
두 개의 책가방 흔들거리며 걷던
낙엽 진 길

엄마만 그런 게 아니다
사람은 누구나 마음 깊숙이
고요하고 잔잔한 호수를 가지고 있어야 한다

다자와 호수처럼 깊고 푸른 호수를
감추어 지니고 있는 사람은

말해보면 알 수 있지, 두 마디, 세 마디로

그것이야말로, 고요히 가라앉아
쉽사리 늘지도 줄지도 않는 저만의 호수
결코 타인이 침범할 수 없는 마魔의 호수

교양이나 학력 따위하고는 관계가 없는 듯하다
인간의 매력이란
아마도 그 호수 언저리에서
피어나는 안개다

빨리도 그것을
알아차린 듯한
작은
두
소녀

『식탁에 커피 향 흐르고』
(1992)

그 자식

"그 자식의 말은 맛이 갔어!"
인파 속을, 지나는데
토해내는 듯한 말이 귓전을 때렸다
그 자식이, 누구인지, 모르지만
나는 즉각 이해했다 그 내용도 모르는 채
　〈그래, 그 자식의 말은 맛이 갔어〉

왜냐하면 매일매일
맛이 간 말에 목까지 잠겨
울분을 풀 길이 없으니까
내 말에서조차 그것을 느껴
부르르 몸을 떤 적이 있으니까
그 자식이, 누구든, 상관없다

방

간소한 책상

나무 침대

물레

마루 위에 있는 거라고는 그뿐

식물을 얽어 만든

두 개의 의자는

사뿐히

벽에 매달려 있었다

지금까지 본

가장 아름다운 방

불필요한 것은 단 하나도 없는

어느 나라 퀘이커 교도의 방

내가 동경하는 것

단순한 삶

단순한 말
단순한 생애

지금도 여전히, 눈앞에
둥실 떠오르는 두 개의 의자
거기에 앉힌 것은
그저 농밀한 공기뿐

발자국

은행이 지는 날

박물관 유리 너머로 보는

점토에 찍힌 작은 발자국

길이 4센티미터 가량 되는 유아의 발자국

아오모리현 롯카쇼 마을에서 출토

조몬시대 후기

아이는 으앙 하고 울었을까

생글생글 웃고 있었을까

마른 점토판을 알불로 서툴게 태웠어도

그 부드러움은 생생하니

옛날 그 옛날의 부모들도

사랑스런 아이의 발자국을 남기고 싶어했다

병아리콩 다섯 알이 늘어선 듯한 발가락

어쩐지, 뭉클하게 젖어드는 눈시울

나한테는 슬픈 일이 있었고

울다 울다 지쳐

눈물샘이 얼어붙고

감정도 다 메말라

마음이 움직이는 일 따위 모조리 없어져 버렸는데

자그마한 발이 툭 차주었다

내 속에 딱딱하게 굳어버린 것을

그건 그렇고

너는 어디로 가버린 것일까

3천년 전의 발자국을

바로 어제인 것처럼

남겨두고

벚꽃

올해도 살아서

　꽃을 보고 있습니다

사람은 평생

몇 번쯤 벚꽃을 보는 걸까요

철 드는 게 열 살쯤이라면

아무리 많이 잡아도 일흔 번쯤

서른 번, 마흔 번인 사람도 흔하니

얼마나 적게 보는 것일까

훨씬 더 많이 본듯한 기분이 드는 것은

조상의 시각도

섞이고 겹쳐서 흐릿해진 탓이겠지요

요염하다 해도 아리땁다 해도 섬뜩하다 해도

포착하기 어려운 꽃 색깔

꽃보라 아래를, 슬슬 걸어가면

일순

고승처럼 알아차리는 것입니다

죽음이야말로 보통 상태

삶은 애잔한 신기루

대답

할머니
할머니
이제까지
할머니가 제일 행복했던 것은
언제였어?

열네 살의 나는 갑자기 할머니에게 물었다
매우 쓸쓸하게 보였던 날에

지나온 시간을 돌아보고
찬찬히 두루두루 생각할 줄 알았지만
할머니는 즉각 대답했다
　"화로 둘레에 아이들을 앉혀놓고
　떡을 구워주었을 때"

눈보라치는 저녁
눈의 요정이라도 나타날 듯한 밤

희미한 램프 아래에 대여섯 명
무릎을 모으고 화로 둘레에 앉아 있던
그 아이들 중에 우리 엄마도 있었을 것이다

오래 오래 준비해왔던 것처럼
물어올 것을 기다리고 있던 것처럼
너무도 구체적인
신속한 대답에 놀랐는데
그로부터 50년
사람들은 모두
감쪽같이 사라지고

내 가슴 속에서만
때때로 떠들썩한
환영처럼 떠오르는
가마쿠라의 단란했던 한 때

그 무렵의 할머니 나이조차 벌써 넘기고
지금 곰곰 음미한다
단 한 마디 말에 담겨 있던

얇디 얇은 떡조각의 짭짤한 맛을

어떤 존재

커다란 나무 밑동에
알몸을 숨기고
삐삐 피리를 불고 있는 사람

얼핏 보이는 머리에는 뿔이 나있고
반신반수의 여윈 생물
어린 시절 딱 한 번 잡지에서 본 그림
누구의 그림인지도 모른 채
      (그저 삽화였을지도 모른다)
하지만
나는 납득했다
누가 가르쳐 준 것도 아닌데
      (이런 종족도 있는 거야, 분명)

그 뒤 그는 내 안 어딘가에 살고 있다
추하고
쓸쓸하고

그리운 존재

음색만으로, 사람들과 이어진 존재

총독부에 갔다 올게

한국의 노인은
지금도
변소에 갈 때
천천히 일어나며
　〈총독부에 갔다 올게〉
라고 말하는 사람이 있다더라구
조선총독부의 소환장이 날라오면
갈 수밖에 없었던 시대
그렇게 할 수밖에 없는 사정
그것을 배설에 비긴 해학과 신랄함

서울에서 버스에 탔을 때
시골에서 상경한 듯한 할아버지가 앉아 있었다
한복을 입고
검은 모자를 쓰고
소년이 그대로 할아버지가 된 것처럼
인상이 매우 순수했다

일본인 몇 명이 선 채로 일본어로 조금 말했을 때

노인의 얼굴에 두려움과 혐오감이

휙 지나가는 것을 보았다

천 마디 말보다 강렬하게

일본이 한 짓을

거기에서 보았다

사행시

커피 한 잔 값도 되지 않는 돈으로
오마르 하이얌의 시집『루바이야트』를 산다
오마르라니 또 무슨 이름이냐
전편이 거의 술 노래, 어째선지 그리운 페르시아의 옛노래

술을 망우물忘憂物이라 이름붙인 것은
어느 시대의, 어떤 사람일까
나의 근심은 깊어 잊혀질 거 같지도 않다
화주火酒든, 노주老酒든, 막걸리든

이쪽으로 당기면, 저쪽이 부족하고
저쪽으로 밀치면, 이쪽이 모자른다
어떻게 해 보아도 조리가 맞지 않는 세계
아이처럼 모순의 시트를 서로 잡아당기며

멍하니 보낸 일생
이것도 저것도 다 놓친 인생

혈안이 되어 무언가 추구했던 생애
그것들 모두 다 똑같은 것이었다면

태어났을 때는 아무런 고통도 모른 채
태연히 두 발로 섰는데
가는 세월 너무나 가혹한 육체의 형벌
이건 아니지요, 무엇을 위한 덫인가요

걱정하지 마
죽는 데 실패한 자는 이제까지 한 명도 없었다
천년을 살며 유랑하는
그런 무서운 벌을 받은 자도 한 명도 없었다

익명으로 여학생이 써 두었다
어느 나라의 낙서시집에
　"이 세상에 손님으로 왔으니까
　맛없는 것도 맛있다 말하며 먹어야 돼"

『기대지 않고』
(1999)

나무는 여행이 좋아

나무는

언제나

생각한다

여행을 떠나는 날에 대하여

한 곳에 뿌리를 내리고

몸을 움직이지 않고 서 있으면서

꽃을 피우고, 벌레를 유혹하고, 바람을 불러

결실을 서두르면서

산들산들 흔들린다

어딘가 먼 곳을 향해

어딘가 먼 곳을 향해

차츰 새가 열매를 쪼아먹는다

들짐승이 열매를 갉아먹는다

배낭이나 여행가방도 패스포트도 필요없다

작은새의 뱃속이라도 빌려서

나무는 어느 날, 홀쩍 여행을 떠난다——하늘로
재주 좋게 배에 타는 경우도 있다

툭 떨어진 씨앗이
　〈좋은 곳이네, 호수가 보인다〉
당분간 여기에 머무르자
작은 묘목이 되어 뿌리를 내린다
원래의 나무가 그랬던 것처럼
분신인 나무 또한 꿈꾸기 시작한다
여행을 떠나는 날에 대하여

줄기에 손을 대면
절절하게 알 수 있다
나무가 얼마나 여행을 좋아하는지
방랑을 향한 동경
떠다니고픈 마음
얼마나 몸을 꼬이게 하는지

그 사람이 사는 나라

—F·U에게[1]

그 사람이 사는 나라

그것은 사람의 피부를 갖고 있다
악수할 때의 부드러움
낮은 톤의 목소리
배를 깎아주던 손놀림
온돌방의 따뜻함이다

시를 쓰는 그 여자의 방에는
책상이 두 개
답장을 써야하는 편지 뭉치가 수북했고
어째선지 전혀 남일 같지 않았었지
벽에 걸린 커다란 곡옥 한 개
서울 장충동 언덕 위의 집
앞마당에는 감나무 한 그루

---

1) 한국의 시인 홍윤숙(1925~2015)을 말한다.

올해도 주렁주렁 열매가 열렸을까

어느 해 늦가을

우리집을 찾아주었을 때는

황폐한 정원이 운치가 있어 좋다고

창문 너머로 바라보면서 조용히 중얼거렸다

수북한 낙엽조차 쓸지 않고

꽃은 말라비틀어져

황폐한 정원은 주인으로서야 부끄러웠지만

기교를 안 좋아하는 객의 취향에 맞았던 모양이다

일본어와 한국어를 섞어가며

이런저런 살아온 이야기를 나누며

이쪽의 떳떳하지 못함을 구해주기라도 하듯

당신과는 좋은 친구가 될 수 있다고 말해 준다

솔직한 말씨

청초한 자태

그 사람이 사는 나라

눈사태처럼 쏟아지는 보도도, 흔해빠진 통계도

곧이곧대로 받아들이지는 않는다

나 나름의 조정이 가능하다
지구 이곳저곳에서 이런 일이 일어나고 있겠지
각각의 경직된 정부 따위 제쳐두고
한 사람과 한 사람의 사귐이
작은 회오리바람이 되어

전파는 자유롭게 날고 있다
전파는 날쌔게 날고 있다
전파보다 느리기는 하지만
무언가를 캐치하고
무언가를 되던져
외국인을 보면 스파이라고 생각하라
그런 식으로 배웠던
내 소녀시절에는
생각지도 못했던 것

지방의 노래

각각의 지방에서

아지랑이처럼

훅 치고 들어오는 선율이 있다

사람들에게 사랑받아

오랫동안 불려내려온 민요가 있다

왜 국가 따위

야단스럽게 부를 필요가 있을까

대부분은 침략의 피로 더럽히고

시커먼 과거를 속에 감추면서

입을 닦고 기립하여

직립부동자세로 노래해야 하는가

들어야만 하는가

　　　　나는 서지 않고 앉아 있겠습니다

연주가 없어서 쓸쓸할 때는

민요가 딱 제격이다

사쿠라사쿠라 桜さくら

시골경마Camptown Races

아비뇽의 다리 위에서Sur le pont d'Avignon

볼가강의 뱃노래[2]

아리랑고개

벵가완 솔로Bengawan Solo

각각의 산과 강은 그윽한 향기를 풍기고

바람은 들을 건너가겠지요

그러면 함께 하모니를 이룹니다

　잠시 산카쿠 야로가 등장하겠습니다

야기부시[3] 도 좋구나

야케노 얀파치[4] 지방의 노래

우리들 리듬에 딱이로구나

2) 러시아 민요 '어기여차(Эй, ухнем)'를 말한다. 영어로는 The Song of the Volga Boat-men.
3) 군마의 민요인 야기부시(八木節)에는 산카쿠 야로(三角野郎)라는 인물이 나온다. 산카쿠 야로는 성격이 삼각형처럼 뾰족하여 타인과 잘 어울리지 못하는 남자이다.
4) 야케파치(自棄っぱち)는 절망하여 자포자기한 상태를 나타내는 말인데 어감이 강하므로 야케노 얀파치(自棄のやん八)로 바꾸어 사람 이름같이 표현한 말장난이다. 에도시대에도 사용된 기록이 있다.

쉼터

옛날옛날, 멀리 저편에

여학교 옆에

큰길이 하나 나 있었다

미카와 지방, 이마가와 마을에 통한다는

이마가와 요시모토[5] 와 인연이 있는 땅

하야스름한 큰길 가에

〈쉼터〉라고 적힌

색이 바랜 적갈색 깃발이 펄럭이고 있었다

버스정류장에 지붕을 얹은 게 전부인

조촐한, 풍모

관리인은 없는데

찻잔이 몇 개 엎어져 있는 걸 보면

여름엔 보리차

겨울엔 싸구려 엽차라도 마련해 놓는 모양이었다

---

5) 이마가와 요시모토(今川義元, 1519~1560)는 '도카이도 제일의 무사'라는 별칭이 있으며 스루가(駿河), 도토미(遠江), 미카와(三河)까지 세력을 넓혔다. 오다 노부나가에게 패해 전사했다.

장사꾼, 농부, 약장수

무거운 짐을 진 사람들에게

여기서 한 숨 쉬고

목을 축이고

자 그런 다음, 마을로 들어가세요

라고 말하는 듯했다

누가 운용하고 있는지도 모른 채

쌀쌀맞은 자동판매기가 아니라

아무도 없어도 어딘가 사람냄새가 나는

예전의 역참이나 순례길6) 에는

아직껏 자취를 남겨둔 흔적이 있다

"쉼터…하고 싶은 건 이건지도 모르겠다"

멍하게 생각하고 있는 열다섯 살

학생복을 입은 내가 있었다

---

6) 시코쿠(四国)에는 오헨로(お遍路)라 부르는 오래된 순례길이 있다. 구카이(空海) 대사와 관계있는 88개의 절을 방문하고 납경장에 도장을 받는다.

지금 도처에서 의자나 벤치를 철거하고
'앉지 마라, 어서 가라'고 하는 말뿐

  *

사십년 전의, 어느 늦가을
야간열차로 출발하여 이른 아침
나라역에 도착했다
호류지 절에 가고 싶었지만
아직 버스가 다니지 않았다
하는 수 없이
어젯밤 역에서 산 도시락을 우물우물 먹고 있는데
그 대합실에, 역장님이 다가와서
손님 두세 명에게 차를 대접해 주셨다

느릿하게 흐르던 시간

역장님 얼굴은 잊어버렸지만
커다란 주전자와, 제복과

따라주셨던 떫고 뜨거운 엽차 맛은

지금도 기억해낼 수 있다

구닥다리

차가 없다
워드프로세서가 없다
비디오데크가 없다
팩스가 없다
컴퓨터, 인터넷, 본 적이 없다
하지만 별 지장도 없다

그렇게 정보를 모아서 무얼 하나
그렇게 서둘러서 무얼 하나
머리는 텅텅 빈 채

쉽게 낡아버리는 잡동사니는
우리 산문山門에 들어옴을 불허한다
(산문이래봤자 나무문 뿐인데)
옆에서 보면 비웃을 구닥다리
하지만 자진해서 선택한 구닥다리
더더욱 뒤처지고 싶다

전화 하나만 해도

무시무시한 문명의 이기라고

고마워하고 있는 사이에

도청도 자유라든가

편리한 것은 대개 불쾌한 부작용과 함께 온다

강 한가운데 작은 배를 띄우고

에도시대처럼 밀담을 나누어야 하는 날이 오려나

구식의 검은 다이얼을

천천히 돌리고 있으면

상대는 받지 않는다

헛되이 호출하는 소리가 울리는 사이

문득

간 적도 없는

시킴Sikkim이나 부탄 아이들의

목덜미에서 풍기는 냄새가 바람을 타고 감돈다

소매가 넉넉한 민족의상

햇볕에 바싹 마른 풀냄새

무슨 일이 일어나든 살아남는 것은 당신들

정직하려는 생각도 없이

정직하게 살고 있는 사람들이여

웃는 능력

　"선생님 건강하신지요

　저희집 누나姊도 이제 제 철이 되었습니다"

남의 집 누나가 제 철이든 뭐든 알게 뭔가

편지를 받은 교수는

감柿의 오기를 알아채기까지 몇 초쯤 걸렸을까

　"다음 모임에는 꼭 들러 주십시오

　마른 나무도 산에 정취를 보태는 법입니다"

잠깐 잠깐 그것은 노인이 겸양할 때 쓰는 말이지

젊은이가 윗사람에게 권할 때 쓰는 말이 아니야

잘 차려입은 부인들이 모인 레스토랑의 한 구석

웨이터가 정중하게 디저트를 설명한다

　"서양배요나시 바바루아Bavarois입니다"

　"뭐? 쓸모없는요나시 할멈바바?"

젊은 아가씨가 나른하게 떠들고 있다

있잖아아, 내가 포엠[7]을 한 편 써서

그에게 보냈거든, 벌레라는 제목인데

　　"나 벼룩이나 진드기가 되고 싶어

　　그러면 이십사시간 너한테 들러붙을 수 있으니"

어처구니없이 폭이 넓구나, 포엠은

언어의 탈골, 골절, 염좌 상태

정취에 취해

심야에, 혼자 소리 높여 웃으면

스스로도 섬뜩해져

간담이 서늘해지기도 하지만, 그런 시간

또 하나의 내가 귓가에 속삭인다

　　"좋구나

　　네게는 아직 웃는 능력이 남아 있으니

　　모자란 능력 중 하나로

　　임종 때까지 간직하려무나"

예에, 가능하다면요

---

7) 일본어에서 시 대신 포엠(poem)이라고 쓰면 뭔가 멋져보이는 느낌과 비꼬는 느낌이
동시에 든다.

산이 웃는다[8]

라는 일본어도 좋다

봄의 미소를 지나

산이여, 신록을 뒤흔들어

크게 웃어라!

정신을 차리니, 어느사이엔지

내 무릎까지 웃고 있었다[9]

---

8) 일본어에서 '신록으로 산이 밝고 파릇파릇하다'라는 뜻이다.
9) 일본어에서 '무릎에 힘이 빠져 떨린다'라는 뜻이다.

피카소의 부리부리한 눈

피카소의 부리부리한 눈은

한 번 보면 잊을 수 없는데

그 사람은 바제도병[10] 이었던 게 분명하다고

바로 얼마 전에 깨달았다

나도 같은 병에 걸려

모든 것이 겹쳐 보이고 뒤틀려 보이는

복시複視가 되어 초점이 전혀 맞지 않는다

피카소 큐비즘의 근원은

이것이었구나, 기묘하게 납득해버렸던 것이다

입체를 평면에 그리기 위한 참신한 방법이라고만 생각하

고 있었는데

어느 시기, 그는

모든 것이 어긋나, 뿔뿔이 흩어져 보인 게 분명하다

여자의 얼굴도

그것을 하나의 기법으로 끌어올렸던 것이다

---

10) 바제도병(Basedow's disease)은 갑상샘 항진증의 일종이다. 안구돌출 등 다채로운 중
상이 나타난다.

적이라 짐작되는 놈이 들어오면

몸은 반응하여 면역을 만들지만

적이 들어오지도 않았는데

어디서 잘못되었는지

제 몸을 해치라는 잘못된 명령

자기면역질환

갑상선 호르몬이 자꾸자꾸 나와

안근까지 비대해져 안구를 돌출시켜 버리는 모양이다

피카소에게 뜻밖에 느껴지는 친근감

작은 발견이라는 생각이 들어

미술사 전문가 몇 명에게 물어보았다

　"어딘가 그런 기록은 없습니까?"

모두

　"글쎄요…"

하고 고개를 갸웃 한다

젊을 때 발병한 것인데

이맘때가 되어 이런 게 나오다니

"제 몸은 아직 젊다는 말일까요?"

반쯤 농담으로 물으니

　"그렇게 생각하고 싶으시면

　그렇게 생각하서도 좋겠지요"

라고, 젊은 의사는 진지하게 대답했다

물의 별

칠흑 같은 우주의 어둠 속을
조용히 도는 물의 별
주위에는 동료도 없고 친척도 없어
완전히 고독한 별

태어난 뒤
가장 놀라웠던 게 무엇인가 하면
물 한 방울도 흘리지 않고 돌고 있는 지구를
바깥에서 찰칵 찍은 한 장의 사진

이런 곳에서 살고 있었던가
이것을 보지 못했던 옛날 사람과는
선이 그어질 만큼 의식의 차이가 생길 터인데도
모두 비교적 별 반응이 없다

태양과의 거리가 적당해서
그래서 물이 넉넉하게 소용돌이치고 있는 모양이다

속은 불덩어리라고 하는데
있을 수 없는 불가사의, 푸른 별

무시무시한 홍수의 기억이 남아
노아의 방주 전설이 생겼을 터이지만
선량한 이들만 뽑아서 탄 배였을 텐데
자자손손의 몰골을 보면, 이 전설도 상당히 의심스럽다

궤도를 벗어난 적도 없고, 아직껏 죽음의 별도 되지 않았고
풍요로운 생명을 품고 있으면서
어딘지 쓸쓸해 보이는 물의 별
극히 작은 하나의 분자인 인간이, 까닭없이 쓸쓸한 것도 당연한데

너무나 당연한 것은 말하지 않는 편이 낫겠지요

기대지 않고

더 이상

맹목적인 사상에는 기대고 싶지 않다

더 이상

맹목적인 종교에는 기대고 싶지 않다

더 이상

맹목적인 학문에는 기대고 싶지 않다

더 이상

어떠한 권위에도 기대고 싶지는 않다

오래 살아서

진심으로 배운 것은 그뿐

제 눈과 귀

제 두 발만으로 서서

무슨 불편함이 있으랴

기댄다면

그것은

의자 등받이뿐

『말의 잎 3』
(2002)

작가 스스로 뽑은 글을 모아 지쿠마 쇼보에서 출간한 선집이다. 시 외에 산문이나 번역까지 포함했으며 1권은 50~60년대, 2권은 70~80년대, 3권은 90년대의 글을 모았다. 본서에 수록된 두 시를 포함해 미출간 작품 일부가 포함되어 있다.

행방불명의 시간

인간에게는

행방불명의 시간이 필요합니다

이유는 모르겠습니다만

그렇게 속삭이는 존재가 있습니다

삼십분이든, 한시간이든

혹 하고 혼자

모든 것으로부터 떨어져서

얕은 잠을 자든

명상을 하든

발칙한 짓을 하든

도노 이야기의 사무토 할머니처럼[1]

긴 행방불명은 곤란하지만

문득 제 존재를 지워버리는 시간은 필요합니다

---

1) 『도노 이야기(遠野物語)』는 이와테현 도노 지방의 민간전승을 1910년에 민속학자 야나기타 구니오가 모아서 엮은 책이고, 사무토 할머니는 행방불명 됐던 소녀가 어느 날 갑자기 할머니가 되어 나타났다는 이야기이다.

어디에서, 무얼 하는지, 언제

매일 알리바이를 만들라고 한 사람도 없는데

착신음이 울리면

즉각 휴대폰을 쥔다

길을 걷고 있을 때도

버스나 전철 안에서조차

〈당장 돌아와〉나 〈지금 어디야?〉에

대답하기 위해

조난당했을 때 구조될 확률은 높겠지만

배터리가 다 되거나 통신 불능 지역이라면

절망은 더욱 깊어질 것이다

셔츠 한 장을, 흔드는 경우보다

나는 집에 있을 때조차

때때로 행방불명된다

벨이 울려도 나가지 않는다

전화가 울려도 받지 않는다

지금 집에 없습니다

눈에는 보이지 않지만

이 세상 도처에

투명한 회전문이 설치되어 있다

으스스하기도 하고, 멋지기도 한, 회전문

무심코 밀거나

혹은

느닷없이 빨려들어가거나

한 번 회전하면, 순식간에

저 세상에서 헤매게 만드는 장치

그러면

이미 완전한 행방불명

남겨진 즐거움 하나가 있으니

그 때는

온갖 약속 따위

모두

무효

풀

초가집 초가지붕 풀베개

풀뜯기 풀떡 쑥경단

초서 초안 초고 초창기

초암草庵 초당草堂 천연염색

시간낭비道草 건초 구사센리²⁾

조리 와라지³⁾ 구사조시⁴⁾

풀꾸러미 구사즈리⁵⁾ 풀잠자리

아마스모 아마야구 시골경마

여름날 풀섶의 열기草いきれ

풀에 나자빠지기草臥れる

초식동물의 땅

초목도 말을 한다

초목도 잠드는 새벽 세시

---

2) 구사센리(草千里)는 구마모토 아소산에 있는 화구 흔적이다.
3) 조리(草履)와 와라지(草鞋)는 모두 일본식 짚신이지만 생김새가 다르다.
4) 구사조시(草双紙)는 에도 시대에 유행한 삽화가 들어있는 통속 소설의 총칭이다.
5) 풀꾸러미(草苞)는 짚으로 묶어 포장한 선물이나 꾸러미이다. 구사즈리(草摺)는 옷소매
등을 풀로 문질러 물들이는 것, 또는 그런 옷을 가리킨다.

초목성불[6)]

초목탑[7)]

　　총총[8)]

풀 초草 자가 붙은 말은 모두 좋아해서

생각나는 대로 중얼거리니

마음이, 고요하고, 차분해진다

풀과 어울려 살아온

보지도 알지도 못하는 먼 조상들의

나날의 삶, 나날의 무게도

보일락 말락

그러하니

조금 눈을 뗀 틈에

맹렬하게 무성해진

뜰의 잡초도 고운 눈으로 보아야 할까

그저 무조건 원수로만 생각하지는 말고

---

6) 초목성불(草木成佛)은 마음을 갖고 있지 않은 초목이라 하더라도 불성을 갖추고 있어 성불할 수 있다는 말이다.

7) 초목탑(草木塔)은 잘라낸 나무를 진혼하기 위해 세운 탑이다.

8) 초초(草草)는 '편지글 말미에 덧붙여, 서둘러 갈겨썼다는 뜻을 나타내는 말'로 '총총(悤悤)'과 같은 말이다. 일본어에서 草草와 悤悤은 발음이 같다.

『세월』
(2007)

[원서 일러두기] 시집 『세월』은 작자가 사망한 뒤, 2007년 2월에 간행되었다. 본서에 수록된 작품 중 '(존재)'는 작가가 남긴 원고 자체에는 제목이 붙어 있지 않았지만, 다행히 작품과 함께 보관되어 있던 작가의 자필 목차 메모에 '존재'라고 기록되어 있었으므로, 본서에서는 그것을 임시 제목으로 삼아 괄호 안에 적어두었다.

그 때

섹스에는
죽음의 냄새가 난다

신혼의 밤 나른한 가운데
나는 문득 중얼거렸다

누가 먼저 가게 될까
나하고 당신 중에

그런 거는 염두에 두지 말자
의사답지도 않았던 당신의 대답

가능한 한 염두에 두지 않고 25년
은혼의 날도 지나, 마침내 오고야 말았다

그 때가
생나무를 쪼개듯

꿈

사뿐히 내려앉는 무게
몸 이곳저곳에
새겨지는 당신의 증표
천천히
신혼의 나날보다 서두르지 않고
평온하게
집요하게
내 전신을 적셔 온다
이 세상 것이 아닌 충족감
거침없이 몸을 열고
받아들이다
제 목소리에 문득 눈을 뜬다

옆 침대는 텅 비어있는데
당신의 기색은 두루 가득하여
마치 음악처럼 울려나오는
여운

꿈인지 현실인지 모른 채
몸에 남은 것은
슬플 정도의 청아함

천천히 몸을 일으켜
헤아려보니, 내일이면 사십구일
당신다운 인사였다
천만 가지 생각을 담아
말없이
어떻게 받아들이지 않겠어요
사랑받고 있음을
이것이 이별인지
시작인지도
알지 못한 채

5월

속절없이

상처입은 짐승처럼 드러눕는다

라쿠고 〈오우지의 여우〉처럼 지쳐버려서

새끼여우도 없이[1]

밤이 깊어가는 소리에 귀를 쫑긋 세우고

새벽녘에 조금 잔다

해가 떠서

느릿느릿 몸을 일으키고

물을 조금 마신다

나무가 바람에

흔들리고 있다

---

1) 〈오우지의 여우(王子の狐)〉는 사람을 속여 넘기려던 여우가 도리어 사람의 속임수에
넘어간다는 이야기이다. 오우지의 여우한테는 새끼라도 있는데 자신에게는 아이도 없
고 위로가 될 만한 이가 전혀 없다는 뜻으로 보인다.

독경소리

고향의 묘소에 들어갈 때
절에서 독경소리가 들렸다
스님 둘 다, 고른다고 고른 음치여서
낭랑하게 목소리를 올리면 올릴수록
가락이 어긋나 수습불능
산소에 모인 친척들은 웃음 참는 게 고역이었다
쿡 쿡 쿡 쿡
구슬픈 비둘기 울음소리 같은 게 새어나와
잔물결처럼 번져갔다
나는 웃지는 않았지만
동정을 금할 수 없었다

동해에 면한 바다가 보이는 절
어린 시절부터 당신에게 익숙하고 친숙한 절
듣자니 스님 한 명은 중학시절 선배라든가
이런 독경은 좀처럼 들을 수 있는 것이 아닙니다
무엇보다 위풍당당한 게 좋아서

그리운 사람들의 소리 죽여 웃는 웃음에 덩달아

가장 웃었던 것은

음감이 좋은 당신이었을지도…

그런 모습이 보이는 듯하여

  "참으로 부주의한 일이었습니다"

  "대단히 실례를…"

나중에 모두 사과했지만

  "아닙니다, 전혀…"

저녁매미가 우렁차게 울고 있었다

길동무

당신이 떠난 5월

한 달 뒤 6월에

가네코 미쓰하루 씨가 떠났습니다

발빠른 가네코 씨는 틀림없이 따라잡았겠지요

　"여, 의사 선생!"

당신의 어깨를 톡 치며

　"아, 가네코 씨!"

하고 당신은 선생님 소리도 붙이지 않고, 허둥지둥

라쿠고에 정통한 가네코 씨는

지옥팔경망자희[2]를 한 구절

　"공공적적空空寂寂, 참으로 저것과 같은 풍경"

하며 기뻐하고

당신도 간신히 베이초[3] 라쿠고 공연에서 들었던

기묘한 이야기를 생각해낸다

두 사람 모두 남기고 온 아내 이야기는

---

2) 지옥팔경망자희(地獄八景亡者戱)는 고등어 회를 먹다 식중독에 걸려 죽은 사람이 지옥 구경을 하다 만난 사람들과 어울려 귀신을 골탕먹인다는 줄거리의 라쿠고이다.
3) 가쓰라 베이초(桂米朝, 1925~2015)는 일본의 라쿠고 전수자이다.

일체 하지 않는다

어느새인가 가네코 씨는

함께 가는 사람들의 주역이 되어 있고

무척 생기가 넘친다

　"허허, 육도의 네거리라는 게 이런 거였어?

　　그런 줄 알았으면 좀 더 쓸 게 있었겠는 걸"

미완의 시집 『육도六道』 이야기라고는

아무도 눈치채지 못한다

시는 최고의 속임수

지옥행은 따놓은 당상이지만

주모자 가네코 미쓰하루는 온갖가지를 획책하니

생전에 그가 쓰던 말을 빌자면

　"지옥을 차茶로 삼아"

실컷 놀려먹고

스르르 스르르

1975년 초여름 무렵, 길동무가 된 사람들을

닥치는 대로 데려가서

시원하게 탁 트인 세계로 나갈 듯하다

터무니없이 푸른 순수의 세계로

역

아침마다

시부야 역을 지나

다마치 행 버스를 탄다

기타사토 연구소 부속 병원

거기가 당신이 일하는 곳이었다

거의, 6천 5백일 가량

하루에 두 번 씩

거의, 1만 3천번 가량

시부야 역의 통로를 밟고

많은 사람에게

밟히고

밟혀서

어느 계단 어느 통로나

아주 조금, 휘어져 있는 것같은데

이 속에

당신의 발자국도 있을 것이다

눈에는 보이지 않는 그 발자국을
느끼면서
그리워하면서
이 역을 지날 때

봉우리 봉우리 사이에서
배어나오는 안개처럼
내 가슴께 갈비뼈에서
한숨처럼 솟아나는
슬픔의 아지랑이

부분

날이 가면 갈수록

희미해지지는 않을까

그것을 두려워했다

당신의 몸에 대한 기억이

좋아했던 목덜미의 냄새

보드라웠던 머리카락

매끈매끈한 뺨

수영으로 단련된 두꺼운 흉곽

올π 자 모양의 배꼽

자주 쥐가 났던 장딴지

발톱이 자라면 살을 파고들곤 했던 엄지발가락

아아, 그리고 또

더더욱 은밀한 세부

어찌된 일일까

그것들 나날이 새록새록

언제라도 꺼낼 수 있을 만큼 또렷하게

형상화되는

당신의 부분

밤의 정원

향이, 흘러들어
비로소 알아차린다
꽃들이 피기 시작한 것을
정원에 한 그루 금목서金木犀

알알이 맺힌 꽃은
크림색에서 울금색으로
금방 색깔을 바꾸고
아낌없이 요염한 향기를 내뿜는다

멍한 데가 있었던 당신은
헤어 토닉과 쉐이빙 로션을
자주 혼동해서
바르는 사람이기도 했던지라

밤의 찬공기에 감도는 그윽한 꽃향기에 홀려
저 세상과 이 세상의 경계

투명한 가을의 회전문을 밀치고
불쑥, 이곳에 나타나지 않으리라는 보장도 없다

여름 기모노를 입고
어라?
예상치 못했다는 듯
머리를 쓸어올리면서

이미 알아차렸으면서도
이쪽은 짐짓 시치미를 떼고
놀라지 않도록 티 내지 않고
말을 걸겠지요, 어제가 이어진 것처럼

여보, 어느새
이렇게 큰 나무가 되어 꽃이 잔뜩 피었네요
심었을 때는, 대여섯 개의 꽃을 헤아렸을 뿐인데
봐요, 이렇게 잔뜩 피어서

틈을 보아
천천히 당신의 허리띠를 꽉 잡고

함께 휙 공중제비를 돌며
이번에야말로 함께 가는 겁니다

이쪽에서, 저쪽으로
자그마한 이 정원 어딘가에
그런 회전문이 숨겨져 있을 것 같아
떠나지 못하는, 밤의 정원

사랑노래

육체를 잃고서
당신은 더욱, 당신다워졌다
순수한 몰트가 되어
더욱 나를 취하게 한다

사랑에 육체는 필요하지 않을지도 모른다
하지만 지금, 애타게 그리는 이 그리움은
육체를 통해서가 아니면
끝내 얻지 못했을 것

얼마만큼 많은 사람들이
숨어서 갔을까요
이러한 모순의 문을
어지러워하며, 눈물 흘리며

단 한 사람

한 명의 남자를 통해

많은 이성을 만났습니다

남자의 상냥함과, 무서움

약하디약함과, 강함

한심함과, 교활함

길러주었던 엄격한 선생님과

귀여운 어린이와

아름다움과

믿기 어려운 바보같은 실수조차

보이려는 의도도 없이 전부 보여주었습니다

25년간

보려는 의도도 없이 전부 보았습니다

얼마나 풍성한 것이었습니까

많은 남자를 만나면서도

결국 한 명의 이성조차 만나지 못한 여자도 많은데

서두르지 않으면

서두르지 않으면 안됩니다

조용히

서두르지 않으면 안됩니다

감정을 가라앉히고

당신이 있는 곳으로

서두르지 않으면 안됩니다

당신 곁에서 잠드는 것

두 번 다시 눈뜨지 않을 잠을 자는 것

그것이 우리들의 완성입니다

가야할 목적지가 있는, 고마움

천천히

서두르고 있습니다

익숙해지다

서로

익숙해지는 건 싫어

친숙함은

아무리 깊어져도 좋지만

서른셋 무렵, 당신은 그렇게 말했고

스물다섯 무렵, 나는 그 말을 들었다

이제까지 누구에게도 배우지 못하고 살았던 소중한 것

생각하면 그것이 우리의 출발점이었는지 모른다

나레루狎れる 나레루馴れる

나레루慣れる 나레루狃れる

나레루昵れる 나레루褻れる

어느 것이나 너무도 익숙한 한자[4]

---

4) '나레루'는 '익숙해지다'는 뜻인데 일본어에는 한 단어에서 다른 한자를 써서 미묘하게 다른 뉘앙스를 담는 경우가 있다. 주로 慣れる를 쓰고 馴れる로 쓰면 '정들다, 길들다'의 느낌이 강하며 狎れる로 쓰면 '허물없이 대하다'에 가깝다.

그 언저리부터 사람과 사람의 관계는 무너지니

얼마나 많은 사례를 보았던지

알아차렸을 때는 이미 늦는

사랑에 설치되어 있는 무서운 덫

함정에 빠져 발버둥치는 일도 없이

걸어올 수 있었던 것은 당신 덕분입니다

친숙함만이 침전되고 농축되어

결정을 이룬 입자가 지금도 또르륵또르륵 흘러넘치고 있

습니다

(존재)

당신은, 어쩌면
존재하지 않았는지도 모른다
당신이라는 형체를 하고, 무언가
멋진 기가 슥 흘러갔을 뿐이고

나도, 사실은
존재하고 있지 않는지도 모른다
무언가 있는 것처럼
숨 따위 쉬고는 있지만

그저 투명한 기와 기가
맞닿았을 뿐인 듯한
그것은 그것대로 좋은 듯한
살아 있는 것은 모두 그렇게 사라져가는 듯한

옛 노래

오랜 친구는
붕대라도 감듯
조용히 말한다
　"오랜 옛날부터 인간은 모두 이렇게 해왔어요"

순순히 고개를 끄덕인다
이루 다 체념할 수 없었던 것들을
모두 어떻게든 받아들여
수용해 왔던 거에요

지금처럼 옛 노래가 그리워
몸에 사무치는 때가 없다
누가 읊었는지 모르는 만가조차
눈이 녹아 흐르는 물처럼 밀려와서

맑고 차게 뿌리를 적신다
나는 물가의 한 뿌리 미나리

내 가난하고 작은 시편詩篇도

언젠가 누군가의 슬픔을 조금은 씻어줄까

세월

진실을 다 알기에는

이십오년이라는 세월은 짧았을까요

아흔의 당신을 상상해 본다

여든의 나를 상상해 본다

어느 한쪽이 노망이 들고

어느 한쪽이 기진맥진하고

어쩌면 둘 다 그리 되어

영문도 모른 채 서로 미워하고 있는 모습이

언뜻 스쳐간다

어쩌면 또

푸근한 할배와 할멈이 되어

자 갑시다 하고

서로 목을 조르려 해도

그 힘조차 없어 엉덩방아를 찧는 모습

하지만

세월만은 아니겠지요

단 하루만의

벼락같은 진실을

품에 안고 살아나가는 사람도 있는 걸요

그러모은 시

[원서 일러두기] 잡지에는 게재되었지만 시집에는 수록되지 않은 작품이, 시인이 사망한 뒤 스크랩북에 보관된 상태로 발견되었다. 『이바라기 노리코 전시집』에는 스크랩북 6책 분량의 시가 '습유시편(拾遺詩篇)'이라는 제목으로 수록되어 있다. 본서에는 게재 잡지명과 년도를 함께 적어두었다.

씩씩한 노래

기다려
지금 숨통을 끊어주겠다
오독오독 옥수수라도 갉아먹고 싶어지는 날이다

잠자코
내가 말하는 대로 하게

너는 오늘 미켈란젤로의 포로다

우람한 몸뚱이를 결박당하여
말처럼 실룩실룩 떠는
마음을 뒤흔드는 아름다운 나의…

고삐를 쥐고
자 가자 페가수스처럼

창궁蒼窮[1] 의 끝

푸르고 푸른 투명한 세계로

내 머리카락은 연기처럼 나부끼고

네 갈기는 시공時空의 바람을 가르며 난다

늪의 요기妖氣여 안녕

밤색 넓적다리여 더 달려라

붙잡힌 너에게 채찍질을 하며

쏜살같이 달린다

아아 나는 아마존의 여왕이다

　　　　나의 아킬레우스여

　　　　나의 아킬레우스여

너의 고동이 슬픔으로 흐트러지고

너의 날개가 꺾일 것 같으면 그럴수록

내 채찍은 공중에서 울리는 것이다

---

1) 원서의 표기를 그대로 따랐다. '창궁(蒼穹)'이 맞겠지만, 원서에서도 저자의 표기를 존중하여 그대로 두었다.

바위를 달리고

구름을 날고

별빛을 받으면서

고운 사람아

나는 사랑했다

현기증 나는 불꽃의 조명

헐떡거림의 음표

밤의 정적이 감도는 호리촌트[2]

그곳에서 완전히 주역이 된 백열白熱의 자태는

호박琥珀처럼 맑고 깨끗해져

보이지 않는 제단에 바쳐져

사라지지 않고 정착되었다고 한다.

아아 얼마만큼 시간이 흘렀던 것이냐…

나는 네 등 위에서 흔들리며 갔다…

---

2) 호리촌트(Horizont)는 무대 뒷면에 설치한 'U' 자 모양의 굽은 막. 조명의 기교로 넓게
트인 하늘 따위의 배경을 나타내는 데 쓴다.

너는 웃고 있는 것 같았다…

유모가 어린애를 달래듯이…

(1950년 9월 『시학』)

3월의 노래

내 직업은 칭찬하는 것
라일락 꽃을, 재스민을
졸린 듯한 바다
열린 창
멀리 가는 배
알 굵은 조개

내 직업은 칭찬하는 것
멋쟁이 꼬마랑
들을 태우는 냄새
새끼 도마뱀
자라는 보리
분방한 처녀의 혀 짧은 말

(1959년 3월 『동백나무花椿』)

6월의 산

산에 와서
바다의 울림을
들어버린 것은 어째서일까

여름에도 눈에 덮인 높은 봉우리에서, 뜻밖에
조개 화석이 발굴되거나 한 탓일까

어쨌든 수정 같은 바람을 맞으며
시공간의 한 점에 섰을 때
우리는 작고 작은 무당벌레다

이 작고 작음에 대한 인식이
이만큼 상쾌하게 찌르고 들어오는 장소가
달리 있을까

멀리 메아리치는 웃음소리에서
젊은 아가씨들이 있는 것을 알았다

엄마들에게는 허용되지 않았던 것이

지금은

쉽게 허용되고 있다

산에 오른다, 아름다운 허무

산에 오른다, 아름다운 무위

(1960년 6월 『산과 고원』)

5월의 바람은

1년의 세월을 참고 견디다

일제히 꽃을 피우는 눈부심

5월의 바람에

왠지 나는 수치심으로 물든다

인간이 만든 것은

건성건성 어째서 이렇게 잡스러운 것일까

한 무리

물망초 꽃의 빛깔

그조차 긴 세월을 들여 물빛으로 흐드러지는데

휴지처럼 쓰고 버렸던

내 하루하루

훈풍 속에 팔랑팔랑

볼품없이 드러난다

(1962년 5월 10일 『홋카이도 신문』)

4월의 노래

생활에서 벗어날 것
생활에서, 훌쩍
벗어나버리는 것
그것이 중요해
그런 순간을 갖지 못한 놈은
말할 가치가 없다

날렵하게 몸을 피하며
나비 한 마리가 떨어뜨리고 가는
리포트

봄의 주문呪文

(1965년 4월 『장원裝苑』)

산장의 스탬프

산에 와서

나는 나를 되찾았습니다

도시는 어째선지

나를 먼지와 티끌처럼 비참하게 만듭니다

오늘

무시무시한 석양을 배웅하였습니다

오늘

살지 못한 자는

내일도

결국 살지 못할 것이다

불타고 불탄

석양은 철학자처럼 졌습니다

살구색에서

엉겅퀴꽃 보라색으로

구름을, 시시각각, 물들이면서

(1966년 8월 『장원』)

그것을 선택했다

무료하기 짝이 없는 것이, 평화

단조롭고 단조로운 나날이, 평화

사는 방법을 각자 궁리해야만 하는 것이, 평화

남자가 나긋나긋해지는 것이, 평화

여자가 발랄해지는 것이, 평화

좋아하는 색의 털실을 좋아하는 만큼 살 수 있는

눈부심!

자칫하면 정체되려 하는 것을

신선하게 계속 유지하는 것은 어렵다

전쟁을 하는 것보다, 훨씬

모르는 자에게 영혼을 건네는 것보다, 훨씬

하지만

우리들은

그것을

선택했다

(1966년 10월 『장원』)

통과해야만 하는

어린 시절

나는 용기 있고 늠름한 아이였다

어른이 되면

무서울 게 없는 사람이 될 터였다

정신을 차리니

사방에, 무서운 것 투성이가 되어버려

젠장

이럴 리가 없는데

세상물정에 눈을 뜨고 난 뒤

라고 말하는 건, 자만심

사람을 사랑하는 일 따위도 언제부터인가

깨달아버려

겁쟁이의 바람은 어쩌면, 그 언저리부터인가

불어온 듯하다

통과해야만 하는 터널이라면

다양한 공포를 충분히 다 맛보며 갑시다

언젠가는, 참으로

용기늠름해질 수 있을까

아이 때하고는, 완전히 다른

(1969년 4월 『샘』)

두려워하지 않는다

일가를 이룬 사람은

대상을 두려워하지 않는다

노련한 바느질쟁이는

아무렇지도 않게 고가의 천을 싹둑싹둑 자른다

경지에 오른 화가는

순백의 화폭 앞에서 쩔쩔매지 않는다

쓱쓱 낙서하는 것처럼 보인다

뛰어난 외과의사의 메스는

고요하고 재빠르게 어둠 속 의사놀이처럼 무심하다

플루트 명인의

자연스런 첫 소리, 탈속한 듯한

매력있는 배우는

공간을 두려워하지 않는다, 오히려 배우가 공간을 빨아

들여

한 점 불꽃이 되어 타오른다

무서울 정도의 신중함은 사라진 것처럼 안보이고

대담무쌍함만이

일렁이는 파도처럼 보이는 것이다

하나의 도에 다다른 사람에게는

대상 쪽에서 기꺼이 달라붙는다

좋은 축구 팀의 볼

도예가의 손에 휘감기듯 달라붙는 진흙

솜씨 좋은 목수가 깎아 빈틈없이 착 붙는 널판 두 장

옛날 히다飛驒에는 그런 목수가 널려 있었다.

곡예사의 접시는 막대기에 접착제라도 바른 듯 붙어있다

잉어잡이 마샨3)은 어째서인지

잉어 쪽에서 안기길 바랬다

대상과 사람의 사이

그것은 무엇일까

저도 모르게 대상을 빨아들이는 수수한 화사함

그것은 무엇일까

서로에게 고급스럽고 섹슈얼한 장면

---

3) 우에무라 마사오(上村政雄, 1913~1999)는 맨몸으로 잠수하여 잉어를 잡았다는 달인으로 그의 별명이 잉어잡이 마샨이었다. 그가 잉어를 잡는 방법은 매우 독특했다. 잉어를 잡는 시기는 겨울이었는데, 잡으러 가기 전에 고기를 잔뜩 먹어 체력을 비축하고 모닥불에 몸을 덥힌 뒤에 잠수했다. 그 후 차가운 강바닥에 숨어있는 잉어한테 조용히 다가가 끌어안으면 사람의 체온이 따뜻해서인지 잉어는 저항하지 않았다고 한다.

내가 사용하는 것은 말이다

나는 말을 두려워하지 않는가?

아니

나는 가지고 있는 것일까?

저도 모르게 말들을 끌어당기는 자장

아니, 아니

아직 멀었다는 탄식과 함께

두려워하지 않는 사람들을 멍하니 본다

(1971년 5월 『시학』)

그 명칭

눈 귀 코 입 손 발 배 배꼽…
그것들은 팔을 흔들며 걷고 있다
똑 같은 몸인데, 배꼽 아래만 곤란한 것이다
거기만 은어隱語처럼, 중얼중얼…
영어, 독일어, 한자어로 대체되고
사투리로 웃음거리가 되고
꺼림칙한 것들이 잔뜩 달라붙어버렸다

차츰차츰 만들어지다 남은 곳이 하나 있고
차츰차츰 만들어지다 모자란 곳이 하나 있고[4]

5, 6세기 이전의 일본인은 외설로 대하지 않는
탁월한 센스를 갖고 있었지만
어찌하랴 너무 길어서 현대에는 통용되지 않는다

---

4) 『고사기』에 등장하는 표현으로 만들어지다 '남은 곳'이 남성의, '모자란 곳'이 여성의
성기를 의미한다.

평생 얼버무리고 암시하는 것만으로

그 명칭을 피하고 지나갈 수도 있다

뺨 손가락 손톱 무릎 허벅지처럼

상큼하게 새 이름을 붙여줄 수도 있을 것이다

그렇다 하더라도

소년 소녀들이여

배꼽 아래는 커다란 과제다, 난제이다

(1971년 8월 『NHK 중학생 공부방』)

시

옛사람이
문득, 바람소리에 놀라
술술 노래로 읊어주었기 때문에
지금사람도 알아차리는 것이다
어제와 오늘의 바람이 다른 것을, 문득

많은 시인이 일본의 가을을 노래해왔다
시의 이목을 통해서
가을을 느껴버리고 있음을
우리는 잊고 있다
그것은 좋은 일이다

시인의 업적은 녹아든 것이다
민족의 피 속에
이것을 발견한 것은 누구? 따위 묻는 사람도 없이
사람들의 감수성 자체가 되어
숨쉬고, 흘러간다

(1971년 10월 『NHK 중학생 공부방』)

귤나무

옛날
시코쿠의 공주님이
시나노 지방에 시집갔을 때
고향의 살구나무를 가져와 심었다
시나노가 지금도 살구 산지인 것은
그 덕택이라고 한다

옛이야기에서 배워
나도
한 명의 남성과 결혼했을 때
고향의 귤나무를 한 그루 지참
간토 지방에서 뿌리를 잘 내릴까 염려했지만
7년 째 되는 해 귀여운 열매를 맺었다

귤 열매는, 눈 내리는 날에도, 늘푸른 잎사귀 아래에서
빛나

길 가던 사람의, 눈을 즐겁게 했다

근처 소학교에서 이과 선생님이 인솔하여

아이들도 왔다, "여러분 이게 귤나무입니다"

두 줄로 늘어선 작은 눈동자들이, 똑바로 쳐다보자

귤은 부끄러워, 더욱 빨갛게 물들어갔다

(1971년 12월『NHK 중학생 공부방』)

밀짚모자에

밀짚모자에, 토마토를 넣고
품에 안고 걸으면, 뜨거워요, 이마
타라 라라 라라 란
타라 라라 라라 란

　　초등학교에 막 들어갔을 무렵
　　선생님이 처음으로 가르쳐 주셨던 노래
　　거기에는 동작도 딸려 있어
　　이마를, 짝짝 때리거나
　　힘껏 발을 들거나 했었다
　　이상한 노래
　　우스운 노래
　　엉뚱하게 생각나
　　혼자서, 부른다

밀짚모자에 토마토를 넣고오…

점점 유쾌해져

일본역사 연표를 넘겨 본다

1933년—내가 초등학교 1학년일 때

고바야시 다키지[5] 가 학살당했다!

(1972년 9월 『샘』)

---

5) 고바야시 다키지(小林多喜二, 1903~1933)는 일본의 좌파 소설가로 처음에는 인도주의적 소설을 쓰다가 점차 프롤레타리아 작가로 활동했고, 경찰의 가혹한 고문으로 사망했다. 『게공선(蟹工船)』(1929)이 알려져 있으며 한국어로도 번역되었다.

등

남에게 일어난 일은
나에게도 일어날 수 있는 일
이웃나라에 불어닥친 폭풍은
이 나라에도 불어닥칠지도 모르는 일

하지만 상상력은 보잘 것 없이 작아서
좀처럼 멀리까지 날갯짓하여 가지 못한다

다른 이들과 다른 생각을 갖고 있다는
단지 그것만으로 구속당하고

아무도 모르고 아무에게도 보이지 않는 곳에서
이유도 모른채 쓰러져간다면 무슨 생각이 들까

만약 내가, 그런 처지를 당했을 때
무서운 암흑과 절망 속에서

어딘가 멀리 희미하게 깜빡이는 등이 보인다면
그것이 조금씩 가까워지는 것처럼 보인다면

얼마나 기쁘게 응시할까
가령 그것이 작고 작은 등이라 하더라도

설령
눈을 감아버린 뒤라 하더라도

(1993년 12월 『앰네스티 인권보고』)

대담과 해설

≪대담≫ 아름다운 언어를 찾아서

이바라기 노리코

오오카 마코토[1]

출발은 희곡에서부터입니다

[오오카] 저는『노櫂』[2] 모임에 아주 늦게 들어갔습니다만, 그 무렵은 마침 시극詩劇을 만들자는 소리가 높아서『노 시극작품집櫂詩劇作品集』같은 것도 만들었었는데, 당시 이바라기 씨는 한편으로는 희곡을 쓰는 일에 강한 희망을 품고 있었던 것으로 보입니다.

안타깝게도 원고가 없어졌다고 하시지만, 처음으로 쓴 작품은 희곡이고, 요미우리 신문에 응모하여 가작이 되었었지요.

[이바라기] 예

[오오카] 희곡을 쓰는 데는 '형태를 만들어내는 의지'가 크게 필요합니다만, 제가 궁금한 것은 이바라기 씨가 '처음

---

1) 오오카 마코토(大岡信, 1931~2017)는 일본의 시인·평론가이다.
2) 가와사키 히로시와 이바라기 노리코가 발간한 동인지이다. 창간호는 1953년 5월 15일에 발간했고, 가와사키의 「무지개」와 이바라기의 「방언사전(方言辭典)」두 편이 실린 6쪽 짜리였다. 그 뒤로 다니카와 슌타로·요시노 히로시·미즈오 히로시·오오카 마코토가 참여하는 등 제2차 전후파 시인을 다수 배출하였다.

에 왜 그렇게 희곡에 관심이 있었느냐' 하는 겁니다.

뭔가 연극을 보고 감동했다든지, 희곡작품을 읽고 감동했다든지, 아니면 그런 게 아니라 뭔가 본능적으로 희곡적인 것을, 이바라기 씨의 '희곡성'은 시를 쓰는 방식에서도 흔히 느껴집니다만 두 가지의 것을 대립적으로 다룬다든지, 아니면 두 개의 비슷한 것·공통요소를 가진 것을 병렬해 간다든지, 그런 두 가지 방법을 종종 시에서 사용하고 있으시지요. 그런 의미에서 연극성이라는 것을 처음부터 추구하고자 해서 그것이 그러한 형태로 시 가운데 나온 건지, 그 부분에 대한 이야기를 듣고 싶습니다. 이바라기 씨는 전쟁 중 아마 전문학교 약학부藥學部에.

[이바라기] 예, 약학부입니다. 전후戰後 대학입니다만.

[오오카] 그 당시의 전문학교 교육 중에는 희곡을 강의한다든지 하는 일은…

[이바라기] 그럴 리가요. 화학 강의밖에 없었어요. 연극도 신국극新國劇[3] 을 본 정도지요. 전쟁 중이었으니까요. 다만 어린 시절에는 다카라즈카[4] 팬이어서 자주 봤습니

---

3) 사와다 쇼지로(澤田正二郎, 1892~1929)가 새로운 민중극을 지향하여 1917년에 창단한 극단이름이다.

4) 다카라즈카 가극단(宝塚歌劇団)은 1913년 창단된 소녀가극단으로 모든 역할을 미혼 여성이 맡으며 지금도 인기가 높다.

다. 돌아가신 어머니가 좋아하셨거든요. 저도 흠뻑 빠져서. 무대의 마력을 느낀 건 우선 다카라즈카에서부터지요. 이윽고 전쟁이 격해졌고, 다카라즈카도 군국軍國을 다루는 것뿐이었고, 그것조차 없어져서 제 학창시절은 거의 아무 것도 없는 암흑시대였습니다. 책 같은 것도 헌책방에 가서 사는 것이라고만 생각했어요. 신간으로 나온 책 같은 건 생각도 못했습니다. 그것이 전쟁이 끝난 뒤 금방 '요원燎原의 들불처럼'이라 해야할지 연극계라는 게 일시에 확 타올랐지요. 지금 생각해도 이상한 현상이었어요. 머지 않아 동아리 연극도 성행했고.

[오오카] 그랬지요.

[이바라기] 그리고 또 시골의 청년단의 끄트머리까지 연극열에 들떴던 시기가 있었지요. 저는 전쟁 뒤 바로 신극 첫 번째 공연부터 보았습니다.

[오오카] 그건 도쿄까지 나와서?

[이바라기] 아니요, 아직 학생시절이라 도쿄에 있었습니다.

[오오카] 아 그렇군요. 학생시절이었군요.

[이바라기] 불에 탄 흔적이 남은 긴자를 나막신을 신고 딱딱 거리며 걸었습니다. 나막신밖에 없어서. 그래서 제일 처음에는 전진前進 극단의 「툴롱 항구」, 전쟁 중의 레지스

탕스를 다룬 극이었지요.

[오오카] 그래요 그래요, 작가는 프랑스 소설가였지요.

[이바라기] 그게 처음이었습니다. 하라 이즈미原泉 씨가 젊고 아름다웠지요. 그리고나서 입센의「인형의 집」. 그 뒤로는 계속 신극만 보며 걸어왔습니다만…

그러니까 일단 시대적인 풍조가 있습니다. 또 하나로 젊을 때는 자기 안에 다양한 모순과 갈등이 있지 않나요. 어떤 게 자기인지 모르잖아요. 그 갈등에 형태를 부여하는 데 희곡이 제일 잘 어울리는 형식이라고 생각한 거지요. 자기 안에 있는 그러한 내적 욕구와 두 가지 계기가 있었던 거지요.

[오오카] 그렇군요. 그 경우 말입니다만 전쟁이 진행되던 때를 암흑시대라 말씀하셨으니, 결국 전쟁이 끝난 뒤 어떤 의미에서 다시 한 번 청춘을 산다는 말이 되겠지요. 물론 전쟁 전도 청춘입니다만「내가 가장 예뻤을 때」(p54)라는 시에 나오는 말처럼 10대 후반, 즉 하이틴 시절을 전쟁이 완전히 앗아갔으니까요.

[이바라기] 그렇습니다, 네.

[오오카] 그런 것에서 오는 '청춘을 되찾아 오겠다는 의지' 같은 게 이바라기 씨의 경우 세대적으로도 특별히 강하

다는 생각이 들거든요.

[이바라기] 그렇다고 생각합니다. 남성에게도 어떤 함몰을 이루고 있는 세대지요. 변변히 공부도 못했으니까요.

[오오카] 제 경우는 이바라기 씨보다 아주 조금 아래입니다만, 중학교 3학년 때까지 군수공장에서 일했고, 3학년 여름에 패전하자 그런 상태가 일거에 뒤집혀서, 이제까지 좋았던 것이 나쁜 게 되고 나빴던 것이 좋은 게 되었지요. 어떤 의미에서는 조금 빠르게 그것이 일어났기 때문에, 15세 이후는 제대로 청춘을 살 수 있는 그런 상태가 되었다…

[이바라기] 4살 연하지요. 어린 시절의 4~5년 차이는 크지요.

[오오카] 물자가 극단적으로 부족했지만 정신적인 의미에서는 다채로운 시절이었습니다.

저만 해도 지금 이바라기 씨가 말씀하신 신극이 이른바 '전문극단부터 시골의 청년단까지' 유행했던 시절을 보았으니까 뭔가 소중한 것을 빼앗겼다는 원통함 같은 거는 없거든요. 이바라기 씨의 경우 그것이 시에서 커다란 '발상의 계기' 중의 하나인 듯한 생각이 듭니다.

[이바라기] 그 이야기는 전에 『인명시집人名詩集』해설에서

도 써 주셨는데 그다지 의식적인 건 아니고 꽤 무의식적 부분이 아니었나 싶습니다. 오오카 씨의 경우는 '죽지 않고서도 이미 끝났다' 하는 의식이 확 몰려왔다고 쓰셨지요. 사내아이니까 당연하게도 죽음을 생각했을 테고…

[오오카] 제 동급생 중에도 군대의 학교에 간 이가 몇 명 있었지요. 나는 죽는 게 너무 싫었습니다. 그런 의미에서는 전쟁 중 '나는 왜 죽어도 좋다는 마음을 먹지 못하는 걸까' 하고 자책하는 마음이나 부끄러움이 대단히 컸습니다.

[이바라기] 그렇군요.

[오오카] '나라를 위해서라면 죽어도 좋다'라는 식의 생각을 소년이더라도 얼굴에 드러내야만 하는 시대였습니다. 저는 막연하기는 했지만 문학이라든지 언어로 쓰인 작품의 소중함이 존재한다는 것을 막연히 느끼고 있기도 했고, '아직 죽고 싶지 않다'는 마음이 있었습니다. 하지만 이바라기 씨의 경우는 여성이니까 좀 더 그런 지점이 복잡했지 않았을까 싶습니다.

[이바라기] 그렇지요.

[오오카] 결국 여성의 경우에는 후방부대라 해야할지, 남자들이 떠나가는 것을 전송하고 입밖으로 터져나오는 슬픔이나 기쁨을 전부 애써 감추고 밖으로 내비치지 않는

그런 형태였겠지요. 거기에서 오는 억압된 생각 같은 게 전쟁이 끝난 뒤 폭발한 것이겠습니다만 많은 여성이 풍속, 즉 패션적인 것으로 전쟁 중의 억압을 해방시켰습니다. 또 연애도 있겠지요. 다양한 것이 있었으리라 생각됩니다만 이바라기 씨의 경우는 오히려 드문 케이스였습니다. 처음부터 '언어'라는 것과 맞붙은 사람은 그 당시 아직 적었습니다.

[이바라기] 그래요, 무엇보다도 우선 견고한 내 언어를 갖고 싶다고 생각했었지요. 이상한 생각이었을지도 모르겠지만요.

요사노 아키코 같은 데가 있군요

[오오카] 그 무렵 다른 동세대 사람으로 희곡을 쓰는 여성 동료 같은 이는 없었겠지요.

[이바라기] 예. 한 명도 없었습니다.

[오오카] 그러니까 그런 지점이 조금 독특하다고 생각합니다.

[이바라기] 오오카 씨에게 부럽다는 생각이 드는 것은, 중

학생 때 이미 동인잡지 경험이 있었고 클래스메이트로 모인 적이 있었잖아요. 제 경우 시골 여학교였고 그 다음은 약학부여서 주위에 전혀 그런 분위기가 없었던 말입니다. 그러니까 언제나 혼자였지요. '노 모임'에 들어가 처음으로 동료가 생겼다고 해야 할지…

[오오카] 요사노 아키코[5] 같은 건가요.

[이바라기] 아니 갑자기 무슨 말씀이신지?

[오오카] 요사노 아키코는 여학교도 제대로 다니지 못했다 싶은데요. 소녀시절에는 혼자서 부모님이 주신『겐지 이야기』같은 책을 읽어서 머릿속은 그러한 세계로 가득 차 있었다고 합니다. 메이지의 상당히 새로운 시대—정말로 새로운 시대는 30년대(1890년대)에 시작된다고 생각합니다만—에 딱 부딪혔으므로, 오래 전부터 쌓여 있었던 것과 가장 새로운 것이 부딪혀서 그 순간에 폭발했다. 그 뒤에 요사노 히로시[6] 씨를 만나 동료가 생겼겠지요. 그러한 의미에서 이바라기 씨의 체험은 메이지의 청춘을

---

5) 요사노 아키코(与謝野晶子, 1878~1942)는 일본의 와카 작가이다. 신시사(新詩社)에 참가하여 잡지『명성(明星)』에서 활약하였다. 가풍은 격조가 있고 청신하며 대담하고 자유분방하였고, 가집(歌集)에『헝클어진 머리칼』등이 있다.
6) 요사노 텟칸(与謝野鉄幹, 1873~1935)은 일본의 시인·가인이다. 요사노 아키코의 남편이고 본명은 히로시(寛). 신시사의 창립과『명성』의 간행에 힘썼으며, 신파(新派) 와카 운동에 공헌했다. 시가집에『동서남북(東西南北)』『천지현황(天地玄黃)』등이 있다.

낳은 여류시인 몇 명과 가깝지 않았나 싶어요.

메이지 시대를 거칠게 나누어 메이지 10년(1877)까지 내란이 있었던 시대가 '전중'이라 하면, 그 뒤 내란을 수습하면서 새로운 사회를 모색해가지만 아직 동요가 진행되는 시대가 '전후'겠지요. 그 뒤에 나오는 20년대 중반(1890년대 초기) 무렵부터가 메이지의 새로운 낭만주의 시대입니다. 요사노 아키코는 그 때 오사카 남쪽에 있는 도시 사카이에서 혼자 눈을 뜨고 혼자서 썼다. 그것이 새로운 시대를 여는 형태가 되었지요.

그럴 때 남자의 경우는 대체로 처음부터 동료를 만듭니다만 여성은 만들지 않는 것이네요.

[이바라기] 지금은 그렇지도 않을지 모르겠습니다. 시대적으로 예전에는 그랬습니다만.

[오오카] 현대에 와서도 여성의 경우는 꽤 어렵지 않을까요. 여성만으로 구성된 동인잡지도 꽤 늘긴 했지만 말입니다.

『만엽집』을 자주 읽었습니다

[이바라기] 지금 드라마에 대한 이야기를 하게 되었습니다만 그 전에 제 소녀시절에는 그야말로 신간본은 없고 읽을거리는 고전정도밖에 없었지요. 그래서『만엽집』같은 걸 자주 읽었어요, 되풀이해서.

[오오카] 아 그렇습니까, 역시 그렇군요.

[이바라기] 10대 후기, 17살 정도였을 때.

전쟁 중이었으므로 '천황의 백성인 나 사는 보람이 있구나'[7] 라든지, '천황의 방패가 되어 출정하는 나는'[8] 따위 구절이 인기를 누렸었지요. 저는 오히려 젊으니까 사랑 노래라든지 민요에 푹 빠졌었습니다만. 학교에서『만엽집』같은 것을 배운 기억은 없어요. 교과서에는『고금와카집』[9] 에서 10수 정도.『만엽집』은 들어있지 않았습니다.

[오오카] 흠, 독특한 교과서였군요.

[이바라기] 그래서 저는 스스로 사서 읽었어요. 다케다 유키치가 편집했고 갱지에 인쇄상태도 나쁜 어이없는 제본

---

7) 원문은 'み民われ生ける驗あり'. 단편적인 인용이므로 직역하지 않고 의역했다. 이하 동일하다.

8) 원문은 '醜の御楯と出で立つわれは'.『만엽집』권20·4376에 나오는 구절로, 태평양전쟁 시 '국민이 천황에게 목숨을 바쳐 나라를 지키겠다는 결의를 술회한 노래'의 일부로 유포되었다.

9) 서기 905년에 편찬된 일본 최초의 칙찬와카집으로, 천여 수의 와카가 수록되어 있다. 한국어판『고금와카집 - 142수 정선』최충희 역, 지식을만드는 지식.

이었지만 아직도 애착이 가서 버릴 수가 없어요. 그걸 시집올 때 가지고 와서 아직도 가지고 있습니다만.

[오오카] 그것도 혼자서 발견했던 셈이네요. 사랑노래라면 권1에 나오는 누카타노 오키미[10] 쯤부터 시작된다고 해야겠지요.

[이바라기] 오오카 씨처럼 학문적인 건 아니고 제쪽은 정말 제멋대로 적당히 읽는 방식이었습니다만, 즐겼다고 해야할지… 책이 부족하다 보니 되풀이 읽고 자세히 읽게 되는 효과도 있었지요.

[오오카] 저도 학문적이지 않습니다. 즐거움을 학문적으로 보이게 만드는 재주를 열심히 고안하고 있는 겁니다 (웃음).

저만 해도 그런 점에서는 비슷한 지점이 있었습니다. 『만엽집』 같은 것도 학교에서 배운 것은 싹 잊어버리고, 혼자서 읽고나서 '이거는 내가 혼자서 발견했다'고 생각하고, 그런 지점에서부터 들어간 셈이었습니다. 역시 고전이라는 건 그런 식으로 읽을 도리밖에 없는 거겠지요.

[이바라기] 빡빡하게 배우는 것보다 좋다고 생각해요.

---

10) 누카타노 오키미(額田王, 630년경~690년경)는 『만엽집』의 대표적인 여류 가인으로, 『만엽집』에는 11수가 수록되어 있다.

[오오카] 그러면『만엽집』등에 끌린 것이 이바라기 씨 안에 있던 고대적인 것에 대한 어떤 동경같은…

[이바라기] 왠지 고대에 마음이 가는 기질이 있었어요, 옛날부터.

[오오카] 그거는 분석적으로 말하면 어떤 것일까요. 고대를 동경한다는 것은, 즉 인간의 생명이 가장 더럽혀지지 않은 상태로 발현되어 있었던 시대에 대한 동경 뭐 그런 것일까요.

[이바라기] 예전에 바바 레이코馬場禮子 씨에게 로르샤흐 테스트[11]를 받은 적이 있는데, 저는 현대인으로서 정말로 소박하다는 판정이 나왔습니다. "굴절屈折이 없다. 그럼에도 매우 고대적인 이미지에 대한 동경이 있다. 뭐냐 하면 소박함이나 원시적인 것에 한층 더 끌리는 경향이 있다." 그런 말씀을 해주셨지요.

[오오카] 바바 씨의 정신분석에 대해서 이바라기 씨 자신은 어떤 느낌이 들었습니까.

[이바라기] 맞는 말씀 아닌가요.

[오오카] 맞는 말씀이다. 그렇군요.

---

11) Rorschach Inkblot Test. 스위스의 정신과 의사 로르샤흐가 고안한 성격 판단 테스트의 하나로, 무의미한 좌우대칭의 잉크 자국이 무엇으로 보이는가를 대답하게 하고 그것을 분석하여 성격이나 심리의 심층을 진단하는 검사를 가리킨다.

시로 단호하게 말하는 속내는?

[오오카] 이바라기 씨의 경우 시에서 단호하게 말하는 경우가 많으시지요. 그게 남자 입장에서 말하자면, 예를 들어…「임금님의 귀」에서 무서운 말을 쓰셨거든요. 뭐라 해야할까 여자들과의 대비라는 점에서 말이지요.

[이바라기] 그런가요. 무서웠습니까?

[오오카] "지리멸렬하더라도/ 그것을 정면으로 받을 줄 모르는 남자는/ 전혀 쓸모없다, 모든 면에서" 그걸 읽고 저는 전세계의 남자란 모두 쓸모없는 게 아닐까 싶었거든요.

[이바라기] 어머나. 제 입장에서 말씀드리자면 오오카 씨는 여성의 지리멸렬한 언사를 착실히 받을 수 있는 사람인데. 예를 드는 건 생략하겠지만 자신이 있는 남성은 모두 그렇지요. 그런데 매우 정면으로 받아들여 주시는 듯한 지점이 있어서…(웃음)

[오오카] 지금 방금 하신 말씀은 매우 고맙고 말씀하신 바도 잘 알겠습니다만, 저러한 형태로 일도양단하듯 시원시원하고 분명한 말이 단언적으로 나오는 그러한 여성은 드물다고 생각하거든요.

그러니까 발언에 애매한 구석이 없는 여성이라고 하면

소박하고 단순하다는 말도 되겠지만 그러한 방식으로만 말할 수 있는 건 아니니까, 다른 관점으로 보자면 거기에 언어로 표현되지 않은 뭔가 좀 다른 부분이 이바라기 씨에게는 당연히 있을 터이지요.

[이바라기] 그래요.

[오오카] 그러한 지점으로부터도 언어가 밀려나와 쑥 튀어나오는 것이겠지만, 그 안쪽의 세계가 오히려 제게는 흥미가 있거든요. 거기까지 가면 아마도 바바 씨 같은 분이 한 번 더 분석하고 싶어할 만한 게 나올지도 모른다, 그런 기분이 드는 거지요.

다만 이런 것은 본인이 그것을 어떤 식으로 생각하고 있느냐 하는 게 문제겠지요. '그다지 소박하지도 않다' 뭐 그럴지도 모르겠습니다만, 어떻습니까.

[이바라기] 소박해요. 무엇이든 복잡하고 기괴한 것은 질색인 걸요. 뇌가 꽤나 약하다라고 할까요. 뇌가 약하다고 하면 좀 그렇고…마음가짐이 약하다고 해야할지.

[오오카] 그렇습니다. 약함이라 해야할지, 망설임이라 해야할지. 인간관계에 대해서도 최종적으로는 좀처럼 딱 잘라 결론을 내지 못한다든지, 마음에 걸려 미련을 남기면서 '이런 인간관계는 부정해야 하는데' 하고 고민한다

든지. 여러 가지 있지 않을까 싶습니다만.

[이바라기] 있지요. 남들보다 더 고민합니다, 그런 거는.

[오오카] 사람과 사람이 사귀는 면에서 답답한 관계가 될 거 같을 때, 재빨리 그것을 느끼고 싹뚝 잘라버리느냐. 아니면 어느 정도는 참고 사귀느냐, 하는 게 될 수도 있겠네요.

[이바라기] 자를 때도 있지만 대체로 참고 사귀는 편이지요.

[오오카] 그렇지요? 애매모호한 것에 대해 상당히 관용을 베푸는 성격이 있다고 생각합니다. 이바라기 씨는 참는 힘이 꽤 강한 사람이고 정말로 참고 또 참아온 데가 있다.

[이바라기] 그래요, 사람은 대체로 용서해버리지요, 개인은.

[오오카] 그것이 역으로 자기자신도 잘라버리는 느낌으로 '삭'하고 단언적으로 말하게 되는 지점이 있지 않나 싶은데요.

[이바라기] 반동反動일지도 모르지요. 거기에다 역시 시의 경우는 '가능한 한 단순했으면' 하는 의식이 어딘가에 있거든요.

[오오카] 아, 그 이야기는 좀 더 듣고 싶습니다.

[이바라기] 단순하게 산뜻했으면 좋겠다. 답답해하고 끙

끙거리는 모습을 그대로 내보이고 싶지 않은 거지요. 왜냐하면 다른 사람의 작품을 읽을 때도 '단순한 언어로 깊은 것을 말하는 게 최고'라고 생각하거든요. 그리고 아까 '약함을 그다지 내보이고 싶지 않다'고 한 말을 스스로 분석해보면, 전쟁이 끝나고 바로 뒤 그 당시는 과거의 것에 대해 전부 부정적이었지요. 그런 풍조에도 영향을 받았다고 생각합니다만 일본의 시가詩歌 전통도 '쓸쓸하다, 적적하다'의 연속으로 '너무도 가냘프구나' 싶은 생각이 확 몰려 왔습니다. '좀 더 강하고 탄력 있는 시를 써야 한다'고 제 나름으로 생각했던 것 같아요.

그래서 앞으로 시를 쓴다면 일본 시가 전통에 결여된 부분을 메우고 싶다고 주제넘은 생각도 했습니다. 그 여파가 아직도 남아 있지 않나 싶어요. 하지만 최근의 시는 비교적 가냘프거나 어둡게 되지 않았나 싶습니다만…

[오오카] 그렇습니다. 그거는 저 같은 사람이 보자면 바람직한 새로운 변모 같은 느낌이 듭니다만.

[이바라기] 그렇습니까, 그러면 안심하고 그쪽으로(웃음).

책상에서 내려오면 무용지물이니

[이바라기] 아, 요전에 편지에 썼습니다만, 받으셨나요?

[오오카] 예, 받았습니다.

[이바라기] 오오카 씨 시집『소후에서草府にて』의 감상으로 쓴 것입니다만, 오오카 씨의 경우에는 '언어를 버리는' 데가 있잖아요. 방하放下한다고 해야할지…

[오오카] 그렇습니다. 내깔려두죠, 정말로.

[이바라기] '내깔려두죠'는 건 사투리지요[12]. 부럽네요. 그런 게 저한테는 전혀 없으니까 역시 끌린단 말이에요. 제 쪽은 응축해서 꽉 결정結晶시키는 쪽으로만 갑니다. 계속 써나가야 하니까 조금 변하고 싶다는 마음이 강합니다만.

[오오카] 제 시는 거꾸로 이바라기 씨의 시가 갖고 있는 명확한 논리성과 분명한 목적의식이 겉으로 드러나지 않는 시여서, 좀 더 예리한 칼로 '서걱' 하고 대상을 자르는 듯한 그러한 시를 쓰고 싶다는 기분을 갖고 있습니다. 최근의 시에서 짧고 단언적인 시를 때때로 쓰는 것은 그러한 것에 대한 동경이 있다고 생각합니다. 그럴 경우 제 시는 길어지지 않고 짧아져버리지요. 일종의 신탁神託처럼(웃음).

---

12) '내깔려두죠'에 해당하는 원문 '放しちゃう'는 간사이 사투리이다.

[이바라기] 아니요, 되지 않습니다. 어떠한 명령형으로 쓰더라도 신탁처럼 되지 않아요, 오오카 씨의 경우는.

[오오카] 그러한 방향으로 갈 거같은 기분이 드는 거지요. 하지만 다른 한편으로는 말이 많은 시도 쓰고 있으니까 언제나 저는 분열되어 있습니다만, 전체를 두고 말하자면 지금 이바라기 씨가 말씀하신 것처럼 언어를 어느 지점까지 가져간 뒤에 '네가 마음대로 걸어가거라' 하고 내버려 두는 구석이 있습니다.

[이바라기] 그렇군요. 문득문득 저는 언어를 너무 소중히 여기고 너무 얽매이는 과보호 엄마 같다는 생각이 들어요.

[오오카] 제 경우에 논리성은 매우 중요하지만 마지막에는 감각적인 판단으로 언어를 파악한다고 생각합니다. 그래서 거기까지 가면 자신의 감각만으로 쓰고 있지만, 이 감각이라는 것을 그다지 신용할 수 없으므로 결국 다른 이들의 감각에서 어떻게 읽힐지 알 수 없습니다. 그 애매한 지점에서 언어를 툭 하고 내버려 두는 거지요. 그래서 사람들은 이해하기 어려운 시라고 생각하는 모양입니다만.

[이바라기] 그거야 그렇지요, 어려워요. 의미가 통하는 것을 싫어하는 것 같기도 하고. 젊을 때 하셨던 초현실주의

연구의 영향도 아직 있을 테고. 게다가 오오카 씨가 지닌 학문의 폭과 넓이를 따라잡을 사람이 별로 없으니까, 같은 레벨이라면 '하하하하' 하고 기뻐할 곳이라 하더라도 알아채지 못하니까 언짢아하며 그냥 지나가 버리지요. 그러한 점에서는 니시와키 준자부로[13] 씨하고 닮았다고도 생각합니다만.

생각난 김에 말하자면 마쓰오 바쇼가 했다는 말 '책상에서 내려오면 무용지물이니'[14] 가 있죠. 무용지물이라니 엄청난 기백이 담긴 말이라고 생각합니다만 오오카 씨도 그런 느낌이 있으시겠지요?

[오오카] 있습니다. '언어는 자기만의 것이 아니다'라는 생각이 강하니까요. 자기 스스로 마지막까지 남김없이 말해버리면 무리하게 밀어붙이는 느낌이 들게 되지요. 밀어붙이는 것도 저는 경우에 따라서는 허용하긴 합니다만, 시의 경우에, 저하고 그것을 읽어줄 타인하고 딱 한가운데에서 시가 떠도는 느낌이 되면 좋을 텐데…

'언어라는 것을 자기 자신에게 고유한 것이라 생각하지 않

---

13) 니시와키 준자부로(西脇順三郎, 1894~1982)는 시인·영문학자로 일본에 초현실주의를 소개하고 쇼와 신시운동 추진자로 활약했다.
14) '文台おろせば即反古也'. 대략 '익살스런 형식의 시가를 읊는 자리에서라면 읊어진 시가는 책상 위에 놓인 종이에 기록되어 나름 중요해보이지만, 책상에서 내려오는 순간 무용지물이 된다'는 뜻이다.

는다'는 마음이 점점 더 강해집니다. 그래서 드는 생각입니다만 바쇼 같은 이를 읽고 다른 한편으로는 외국 현대시 같은 거를 읽지 않습니까. 외국 현대시를 읽고 정말로 이해하느냐 이해하지 못하느냐하면 그거야 역시 이해하지 못한다고 생각하지요. 그런데 실제로 저쪽의 외국사람이 와서 그런 시인과 이야기를 하잖아요. 가령 그 사람이 영어나 프랑스어가 아닌 다른 나라 언어로 썼을 경우 그 사람은 영어 번역으로 제 시를 읽고, 저는 그 사람의 시가 영어나 뭔가로 번역된 결과를 읽을 겁니다. 서로 간접적인 것으로밖에 이해할 수 없지만, 그럼에도 어떤 사람의 시를 읽고 '나는 알 수 있다, 어딘지 나한테 가깝다'고 생각하고 있는데 상대방도 그러한 경우가 있거든요.

실은 요전에 옥타비오 파스[15] 라는 멕시코 시인이 와서 영어로 번역된 제 시를 읽고 '당신의 시는 내 시와 가까워서 깜짝 놀랐다, 내 아내도 그렇게 말했다'고 하는 겁니다. 양쪽 다 번역된 시를 읽고서 그렇게 말하는 거지요. 하지만 이야기를 해 보니, 1시간 가량 이야기 했을까요, 시에 대한 공통된 취향이 있다는 걸 알 수 있어서 역

15) 옥타비오 파스(Octavio Paz Lozano, 1914~1998)는 멕시코의 시인으로 1990년 노벨문학상을 받았다.

시 어딘가에서 공통점이 있는 거구나 싶었습니다. 그런 경험을 하면 언어라는 것은 무엇일까 생각하게 됩니다. 번역으로도 오히려 어떤 종류의 것이 전달되어 버린다는 것이 어떤 의미에서 언어의 무서움을 보여주는 건 아닐까 싶어집니다. 정밀하지 않아도 전달되는, 그리고 그것은 일률적으로 부정할 수 없고 오히려 '이야기를 해보면 서로 탁 이해할 수 있다' 그런 일이 꽤 있지 않나 싶습니다. 뒤집어 생각해보면 일본어로 이야기 한다고 해서 서로 이해하고 있다고 말할 수는 없는 게 아닐까. 그런 의미에서 말하자면 언어라는 것은 엄청나게 많은 말랑말랑한 어떤 것을 몸에 두르고 있는 게 아닐까. 그런 부분에서 우리는 서로 이해하거나 이해하지 못하여 싸우거나 하는 게 아닐까 하는 느낌이 듭니다. 그래서 저는 언어란 어떤 의미에서 말하자면 아주 미덥지 못한 것이라는 느낌이 들거든요. 거꾸로 말하면 그런 것임에도 불구하고 서로 이해할 수 있는 지점이 언어의 굉장함이리라 생각합니다.

그 언저리가 제게는 문제입니다만, 이바라기 씨는 오히려 그런 세계를 자신의 의지로 삭 잘라내어버린다고 해야할지 거부하면서 계속 써왔습니다. 예를 들어 이바라기 씨의 시에서, 미장이 아저씨가 창문으로 들여다보며 '부인의 시는 나도 이해할 수 있어요(p176)'라고 말해서 그 것이 대단히 기분이 좋았다, 그런 시가 있지요. 그런 지 점은 저는 정말로 부럽습니다. 저 같은 사람이 쓰는 시는 어떤 의미에서는 감수성과 감수성이 서로 울리는 듯한 지점에서 만나버리니까, 당신의 시는 의미를 잘 알 수 없 다는 말을 흔히 듣습니다. 의미를 알 수 없다는 말을 들 으면 난처하지만 저는 감각적인 방식으로 쓰고 있습니 다. 세간의 시각에서는 저를 오히려 논리적이거나 지적 인 사람이라 생각하는 경우가 많은 듯합니다만 실은 감 각적이지요. 그에 비해 이바라기 씨의 시는 지적인 검증 도 견뎌낼 수 있고, 시 따위 읽은 적이 없는 사람이 읽어 도 알 수 있습니다. '알 수 있다'는 것은 지적으로 안다는 것만이 아니라 마음에 울림이 있다는 것이지요. 그 지점 이 재미있습니다. 시라는 것은 갖가지 방식으로 쓰이고 갖가지 방식으로 이해가 되는, 그래서 재미있다는 생각 이 듭니다.

[이바라기] 하지 않아서 그렇지 오오카 씨가 '알 수 있는' 시를 쓰는 건 어렵지 않은 일이겠지요? 한 번 해 보세요. 읽고 싶어요, 그런 것도 한 권.

『만엽집』 유형과 『고금와카집』·『신고금와카집』 유형으로 나눈다면

[이바라기] 시의 특질詩質이라는 관점에서 보면 오오카 씨는 『고금와카집』·『신고금와카집』에 속하는 흐름이지요?

[오오카] 그렇습니다.

[이바라기] 그런 관점에서 보면 저는 『만엽집』 유형.

[오오카] 그래요, 『만엽집』 유형입니다.

[이바라기] 예전에 다니카와 데쓰조[16] 씨가 재미있는 말씀을 한 적이 있는데, 미술공예가의 경우 소질이 조몬[17] 유형과 야요이[18] 유형으로 나뉜다고 해요. 그것이 나선형으로 칭칭 서로 얽혀서 발전했고 현재도 그렇다는 말씀이지요. 그 발상이 매우 재미있는데 그것을 시가에 적용하면 『만엽집』 유형과 『신고금와카집』 유형으로 구분되고 거의 분류 가능합니다. 현대의 시인이 어떠한 참신한 의상을 휘감고 있어도 대체로 나눌 수 있습니다. 그런 걸 생각할 때가 참 즐겁지요. 미술 쪽의 조몬·야요이 유형이든 시가 쪽의 『만엽집』·『신고금와카집』 유형이든,

---

16) 다니카와 데쓰조(谷川徹三, 1895~1989)는 일본의 철학자, 평론가이다. 본서에 실린 시를 뽑은 시인 다니카와 슌타로의 아버지이다.

17) 조몬 시대(繩文時代)는 일본 선사시대 시대 구분의 하나로, 우리나라의 신석기시대 또는 빗살무늬토기 시대에 해당하는 시대로, 토기의 표면을 노끈무늬로 장식한 조몬토기로 대표된다.

18) 야요이 시대(弥生時代)는 일본의 청동기 시대이자 철기 시대라고 할 수 있는 시대이다. 고분을 짓기 시작하고 청동제 무기가 출현했으며 안정적인 수경경작이 가능해지는 등 이전 시대였던 조몬 시대에 비해 급격하게 문명이 발전했다.

민족의 질을 결정하는 두 가지가 고대에 벌써 형태를 드러내고 있다는 사실이 너무너무 재미있어요.

어느 나라에든 그런 게 있겠지요. 다만 현대에는 어느쪽으로도 분류할 수 없는 세 번째 유형 같은 것도 나와 있겠지요? 예를 들어 이시하라 요시로[19] 씨라든지. 가네코 미쓰하루 씨가 "『만엽집』은 젊었을 때는 재미있다고 생각했지만 이제는 흥미가 없고,『신고금와카집』이 훨씬 재미있다"고 말한 적이 있습니다. 이것은 아주 만년의 '언어 공부 모임'에서 하신 말씀인데요. 매우 인상 깊었습니다. 가네코 씨도『만엽집』유형이라는 느낌이 들긴 합니다만.

[오오카] 가네코 씨는 그렇지요, 그 쓰는 방식은『만엽집』유형이지요. 하지만 그가 연애를 노래한 시는 대체로 애초에『만엽집』유형이라고도 말할 수 없는 구석이 있지 않나 싶습니다. 그 사람은 자기 생각을 솔직하게 말하는 것처럼 시를 쓰는 것이 불가능하다는 것을, 여성과의 관계에서 충분히 배웠다고 해야할지 주입당했다고 해야할지 모르겠습니다만 알고있었다고 생각합니다.

[이바라기] 그렇지요.

---

19) 이시하라 요시로(石原吉郎, 1915~1977)는 시베리아에서 억류당했던 경험을 문학적으로 승화한, 전후시의 대표적 시인으로 알려져 있다.

[오오카] 여성에 대해서 노래한 시는 대체로 아이러니합니다. 겉으로 말하고 있는 것의 반대를 생각하고 있는 듯한 구석이 있어서…

[이바라기] 본심이 어디 쯤에 있는 것인가…

[오오카] 언어의 구석구석에 그러한 쓴웃음같은 혹은 히죽거리는 듯한 그러한 데가 있다고 생각합니다만.

가네코 씨는 '다이쇼 데모크라시[20]'가 한창일 때 '데모크라시같은 훌륭하게 체계가 갖추어진 사상 따위 나는 싫다' 하며 도망쳤지요. 취미의 세계로 태도를 바꾸었지요. 천황제는 딱 질색이었지만 그렇다고 해서 다이쇼 데모크라시 따위 공공연하게 말하는 놈 또한 대단히 귀찮고 거추장스러우며 나는 아무 것도 못하는 놈팽이 인간이다. 그런 자리에 위치를 잡았지요. 그런 위치에서 전부를 보고 있고 가네코 씨는 비할 데 없이 머리가 좋았으므로 건강한 머리로 판단했습니다. 그 판단 방식은 실로 명쾌하기 짝이 없었지만 동시에 그 자신이 취미의 세계로 태도를 바꾼 데서 느껴지는 것은 꽤나 굴절된 데가 있어서 가네코 씨는 시의 경우 양쪽을 다 잘 쓰고 있습니다.

그러므로 『만엽집』 유형과 『고금와카집』 『신고금와카집』

---

20) 다이쇼 시기(大正, 1911~1925년)에 현저해진 민주주의적·자유주의적 풍조를 가리킨다.

유형을 때에 따라 자유자재로 구사했지요.

[이바라기] 예측할 수 없는 사람이지요.

[오오카] 가네코 씨는 그런 면에서 만만치 않았다고 저는 생각합니다. 그리고 또 하나, 이런 거는 야단맞을 소리인지도 모르겠습니다만 남자와 여자의 차이라는 것도 거기에 조금 있지 않나 싶습니다.

남자쪽이 한심하고 약한 구석을 대량으로 가지고 있지요. 적어도 글을 쓰는 여성의 경우는 남자에게 억압당하다든지 해서, 그러한 실감이 있기 때문에 그것을 밀어내기 위해 자기를 집약해서 한 방향으로 일직선으로 가지 않습니까. 그러한 점에서 여성이 글을 쓰는 방식이 등을 꼿꼿이 펴고 단언하는 듯한 것이 비교적 많다고 생각합니다.

러브레터를 받지 못했던 것은…

[오오카] 아 그리고 가와사키[21] 군이 썼던가요. 이바라기 씨는 전쟁 중 학도동원되었을 때 학급회장인지 뭔가가 되어 전교에 호령…

---

21) 가와사키 히로시(川崎洋, 1930~2004)는 시인으로 시 잡지 『노』 동인이었다.

[이바라기] 학급회장이 아니구요, 모두 테스트를 받아 목소리가 크다는 이유로 뽑힌 거지요.

[오오카] 그건 그럴 리가 없지 않나요. 역시 자태부터 시작해서 뭐든 전부 포함해서 대장의 그릇이었겠지요.

[이바라기] 그런데 이 얘기는 왜?

[오오카] 그게 말입니다, 저는 역시 인상적이었는데 전쟁 중의 학도동원에서 저도 몇 번인가 공장에 간 적이 있습니다. 학도동원된 여학생이라는 존재는 한편으로 정말로 '나라를 위해서'라는 이상에 불타 오로지 있는 힘을 다한다는 느낌이었고, 그러한 생도들의 얼굴이라는 게 대단히 아름다웠다는 느낌이 들었거든요. 그래서 그런 여학생 중의 대장이니까 대단히 아름다운 사람이 아니었을까 싶은데, 그런 사람이 '러브레터를 받은 적이 없다'고 어딘가에서 쓰셔서 정말인가 싶어서요.

[이바라기] 그건 말이에요, 내 인생에서 가장 가슴 아픈 일…(웃음) 고민스럽거나 괴로웠다 그런 적은 한 번도 없었는 걸요.

[오오카] 러브레터를 쓰는 것조차 무서울 만큼 고귀하고 고상했던 게 아닐까요.

[이바라기] 그럴 리가요. 하지만 대체로 여자애라면 전쟁

중이었다 해도 한 명이나 두 명에게 연애편지를 받았으리라 생각해요.

[오오카] 있었습니다. 제 친구들도 꽤나 썼거든요. 저는 언제나 대필이나 맡았습니다. 제 거는 전혀 쓰시 않았습니다만.

[이바라기] 수상한데요, 썼을 것 같아…(웃음)

[오오카] 여학생이 아니라 공장의 여성사무원이라든지 멋진 사람이 있지 않습니까. 조숙한 무리는 그런 사람에게 연애편지를 썼지요. 중학생조차 그런 거를 했으니까…

[이바라기] 전부 시대 탓으로 돌릴 수는 없겠지요.

[오오카] 모두 오히려 '앞으로 몇 년밖에 살 수 없을지도 모르니까, 지금 이런 거를 하지 않으면' 하는 기분은 꽤 있었고…

[이바라기] 그런 거는 있었겠지요.

[오오카] 조숙한 녀석은 꽤 했었습니다. 이바라기 씨는 그러한 패거리가 연애편지를 쓸 만한 상대가 아니었던 거지요. 그 뒤로도 계속 그러했다고 쓰신 것 같습니다만.

[이바라기] 물론. 전혀 없었어요(웃음).

[오오카] 그런 말입니다, 어디엔가 위엄이 있고 범접할 수 없는 기품이 있으니까.

[이바라기] 그건 아니고요, 좋은 러브레터라면 좋지만 어중간한 것이라면 무서운 표정으로 퇴짜를 놓았을지도 모르고, 그럴 거라고 상대방이 미리 눈치를 챘든지…(웃음) 사람의 감이라는 게 대단하거든요.

[오오카] 이바라기 씨는 아버지 손에서 크셨지요. 어머님이 일찍 돌아가셨으니까. 그런 의미에서는 그 이후 아버지가 일종의 연인이고 동시에 스승같은.

[이바라기] 그런 셈이지요. 가네코 씨가 '당신 연애한 적 없지' 하시길래 짝사랑은 했지만 연애라고 할 수는 없어서 '없습니다' 하고 대답했더니, '꽤나 엄격한 집이었던 모양이군' 하셨지요. 그게 왠지 이상했어요. 모리 미치요[22] 씨는 엄격한 신관神官집안이잖아요, 그런 사람에게 구애하셨던 분이… 그 이상으로 넘보기 어려운 집안이라고 생각하신 듯해서. 아버지는 탁 트여 이해심이 많고 엄격한 집안도 아니었습니다만.

[오오카] 그렇군요. 가네코 씨가 모리 씨에게 구애해서 부인으로 삼기 위해 고생스러웠던 점도 있었으리라 생각합니다. 고생스러웠다고 말하면 어폐가 있겠지만 아마도 큰일이었겠지요.

---

22) 모리 미치요(森三千代, 1901~1977)는 시인으로 가네코 미쓰하루의 아내였다.

[이바라기] 모리 씨를 통해 단련된 면도 크리라 생각해요. 결과적으로는 좋았다(웃음).

[오오카] 이바라기 씨는 대체로 지타 반도[23] 일대에서 계속 옛날부터 살았었습니까?

[이바라기] 아니요, 그렇지 않습니다. 아버지는 나가노 현 사람. 막내여서 집안의 뒤를 잇지 않아도 되었으니까 가나자와 의대를 졸업하고 독일에 유학했고, 돌아와서 취직하면서 아이치 현에 온 겁니다.

[오오카] 아, 그래서 아이치 현에 갔습니까.

[이바라기] 처음에는 큰 병원 부원장을 맡았고, 전쟁 도중에 무의촌無醫村 같은 곳이 많이 생겨서 마을회의에서 의사를 초빙하는 운동이 있었습니다. 그래서 아이치의 기라요시다吉良吉田라는 곳에 갔던 거지요.

[오오카] 아, 기라코즈케노스케[24]와 관련 있는.

[이바라기] 거기에서 개업했습니다.

[오오카] 그 때 처음으로 개업하신 겁니까.

[이바라기] 예, 제가 여학교를 졸업할 즈음에 개업했어요.

---

23) 지타 반도(知多半島)는 아이치 현 남서부에 있는 지역이다.
24) 기라코즈케노스케(吉良上野介)의 본명은 기라 요시나카/요시히사(吉良義央, 1641~1703)이다. 에도 중기 막부의 신하로, 아코번 사무라이 47인의 복수담을 다루는 유명한 문학작품 『주신구라(忠臣蔵)』의 등장인물이다. 한국어판은 『47인의 사무라이 - 완역 가나데혼 주신구라』, 최관 역, 고려대학교출판부.

늦었지요, 아주. 이전에는 봉급쟁이 의사였습니다. 저는 철 들 무렵 아이치 현에서 자랐다는 말이지요. 교토에서 연구생활을 했을 때도 있어 교토에서도 살았고 유치원 때는 아이치 현에 있었습니다. 하지만 예를 들어 오오카 씨가 '미시마에서 자랐다' 하는 식으로 뿌리를 박았다는 느낌은 없고, 역시 외부인 같은 느낌이 있었지요. 지금 조카 같은 경우를 보면 3대째라서 뿌리를 내렸지만요.

[오오카] 외부인이라기보다 곱게 자란 아가씨겠지요. 특히 직업이 의사 선생님이니까. 제 경우도 부친이 학교 선생님이었으니까요. 학교 선생이라고 해서 딱히 특별할 것도 없지만 거기에 더해서 단가短歌의 잡지 같은 걸 해서 그쪽의 제자 분들도 선생님이라 부르고, 게다가 지금은 몰락했습니다만 옛날에는 무사집안이었다든지 그러한 자긍심과 콤플렉스가 코 끝에 걸려있었단 말이지요. 태어나서 줄곧 거기에서 자란 지역임에도 불구하고 저 자신도 다른 무리한테 특별취급을 당해서 때때로 그다지 마음이 편하지는 않았습니다. 아마도 이바라기 씨의 경우에도 분명히 그런 것이 있었으리라 생각합니다.

그런 지점이 말이에요, 아마도 동경하고 있던 남자애는 많이 있었을 테지만 혼자서 연애편지를 건넬 용기는 없었던 이유 아닐까요.

[이바라기] (웃음)

[오오카] 이바라기 씨가 부드럽거나 애매모호한 부분을 보여주었으면 좀 더 좋았을 텐데, 하는 기분도 없지않거든요. 보세요, 『노』그룹을 봐도 생긋거리면서 의외로 비꼬는 소리들을 하지 않나요. 다니카와 슌타로 씨는 꽤 심하게…

[이바라기] 그러게요, 모두 젊을 때는 그렇지 않았는데 최근에 갑자기(웃음). 하지만 장본인은 오오카 씨 아닌가요?

[오오카] 저는 그렇지도 않은데요.

[이바라기] 오오카 씨에게 느끼는 게 있습니다. 상당히 신랄한 말을 싱글싱글 웃으며 말할 때가 있어요. 그래요. 나는 그다지 당하지 않았지만 『노』이외 사람의 시집에서 오오카 씨가 실은 깎아내렸는데 칭찬을 받았다고 철석같이 믿은 사람을 보고서 이거 아닌데 했었지요. 오늘만 해도 이쪽에 바람총을 쏘고 있는지도 모르는데 산들바람이라 착각하고 있는 거나 아닌지(웃음).

[오오카] 그런가요. 그런 것을 말할 때는 대체로 아주 친해서이고, 또 하나 이 사람을 어딘가 간지럽혀서 이상한

소리를 내게 만들어야지라는 의도가 있었습니다. 그러한 점에서 보면 이바라기 씨의 시는 아주 말하기 쉬운 시이지요. 다니카와는 전에 무슨 말인가를 해서 이바라기 씨를 화나게 만든 적이 있었지 않나요.

[이바라기] 있었어요, 있었어요.

[오오카] 저에 대한 것도 「갤러리에서 쓰는 끈이 되지 말라なるなよ画廊の紐に」 같은 경우가 있지요. 이바라기 씨에 대해서도 무언가 있었지요.

[이바라기] 그 시하고 같은 때에요, 한 명 한 명 이름을 들어가면서 인물 스케치를 했지요. 저는 확실히 '누군가를 속이고 있구나'라는 행이 있어 나중에 합평회에서 '독이 있다!'라고 그에게 화를 냈었습니다. 지금 생각하면 화낼 것도 없는데요, 그다지. 그는 말이에요, 험담을 하는 게 우정의 증거라고 믿는 경향이 있어요. 외동이라서 그럴 거에요(웃음).

[오오카] 빈정거림으로 보이기도 하고 진솔하기 짝이 없는 바람으로도 보이는 방식이었지요. 제가 흥미를 갖고 있는 지점은 이바라기 씨가 잘 드는 칼로 벤 듯한, 강직하게 보이는 면이 아닌 지점에서 쓰게 되었다면 어떻게 되었을까 하는 겁니다.

다른 방식으로 말한다면 관능성까지 포함한 감각적인 것이 어떠한 전개를 보였을까 하는 거지요. 똑같은 것을 말하더라도 이바라기 씨의 언어는 자세가 반듯하고 빈틈이 없어서, 언어를 쓰는 데도 좀 더 부드러운 부분이 나와도 좋지 않았을까, 그런 생각을 합니다. 하지만 그것은 어떤 의미에서는 무리한 주문이겠지요.

[이바라기] 그래요. 비평을 받아들이는 방법이라는 게 어렵습니다. 지금도 잘 모르겠어요.

[오오카] 이런 식으로 쓰니까 이바라기 노리코이고 이렇게 쓰지 않으면 이바라기 노리코가 아니다, 하는 그런 지점이 조금은 있으리라 생각합니다.

너무 분명하게 말한다?

[오오카] 저는 이바라기 씨에게 어떤 말을 했는지 모르겠습니다만, 싱글싱글 웃으면서 심한 말이 나온다면 그건 분명 이바라기 씨의 어법이지요. 보세요, 곧잘 남장하는 여성이 있잖아요.

[이바라기] 있지요.

[오오카] 남장하는 여성은 남자보다 더 남자답게 보이기 위해서 도리어 이상하게 남자도 여자도 아닌 구석을 드러내곤 합니다. 그런 것과는 다르겠지만 이바라기 씨의 어법 중에 남자같은 게 나오는 경우가 있거든요. 조금 성차별적인 발언을 내놓는지도 모르겠습니다만 그 남자같은 면은 남자에게 맡겨두었으면 좋겠다 같은 느낌을 남자들이 받고있는 것 같기도 합니다.

[이바라기] 하지만 말이에요, 여성스러운 언어라는 것을 저는 그다지 좋아하지 않는다라는 것이 우선 하나 있기는 하지요.

[오오카] 그거야 그렇겠지요.

[이바라기] 그렇지만 내용에 대해서는 남자와 여자의 경계선 따위는 없을 거예요, 남자에게 맡겨라 여자에게 맡겨라 하는 따위. 남성이 쓴 좋은 시는 꽤 여성적 요소를 포함하고 있어요. 또 반대로 여성이 쓴 좋은 시는 남성적 요소를 포함하고 있지요. 일반론으로 하는 말입니다만. 시에 국한되는 것은 아니겠지만 표현하는 작업은 그렇게 될 수밖에 없다…그렇게 보입니다만.

[오오카] 제가 말하는 것은 그런 것만은 아닙니다만. 이바라기 씨의 시는 1연이 있으면, 1연의 끝 지점에 '서걱' 소

리를 내며 딱 결정이 나거든요. 그 결정하는 방식이 너무나 딱 정해져 있는 것 같아서, 좀 더 정색하지 말고 같은 말이라도 좋으니까 비스듬하게 말한다거나… 아주 조금 드는 느낌입니다만.

[이바라기] 몇 번인가 『노』 모임에서 연작시[25]를 모으고 전체를 정리하는 역할을 오오카 씨가 맡아주셔서, 그 때 자주 '이렇게 써버리면 기품이 없으니까, 좀 더 사뿐하게 했으면' 하고 몇 번인가 말씀드렸지요. 지금 하시는 말씀과 연관시킨다면 저는 너무 분명하게 말하는 거지요. 다니카와 씨도 자주 '기품'이라는 말을 하셨었지요. 미묘하게 다르긴 하지만 '시에서 기품이란 무엇인가'라는 두 분의 느낌은 잘 알 거 같아요.

[오오카] 또 한 가지 말하자면, 이바라기 씨는 시에 어두운 그늘 같은 게 없도록 쓰고 있으시지요. 그게 저 같은 입장에서 보자면 괴롭지 않을까 싶은 겁니다. 좀 더 편안하게 조금 어깨에 힘을 뺀 느낌이라도 좋으니까 그런 방식으로 쓰는 것도 괜찮지 않나 싶은 거지요.

[이바라기] 그런 말은 꽤 젊을 때부터 들어왔었지요. 옛날

---

25) 연작시 혹은 연시(連詩)는 두 사람 이상의 사람이 한 구 내지 몇 구씩 짓고, 그것을 모아 한 편의 시로 만드는 것.

미즈오[26] 씨가 말한 적이 있어요. "그렇게 긴장하면 지칠 거예요. 한숨 돌리는 게 어때요." 하지만 그렇게 무리하고 있는 건 아닙니다. 억지로 버티며 아주아주 괴로워서 견딜 수 없는 형태로 쓰는 것도 아니고, 생활하고 있는 것도 아니고. 이게 저한테 보통상태라는 느낌이 들어요.

[오오카] 이바라기라는 사람은 그런 사람이다. 이게 자연스럽다는 말씀이겠지요. 그렇다면 처음에도 말씀드렸지만 소녀기부터 계속 자기형성이라는 것이 그러했다는 것은 현대 일본사회에서 꽤 특이한 하나의 유형이겠지요.

[이바라기] 그런가요.

[오오카] 여성의 시가 표현하는 세계에서 이바라기 씨같은 표현형태를 만들어낸 사람은 달리 없다 싶거든요.

'나다움'과 마주하는 방법

[이바라기] 다만 과거의 제 작품은 전부 싫답니다. 이거는 이제 정말 확실해서, 그래서 '더 써보자'고 생각하고 있는

---

26) 미즈오 히로시(水尾比呂志, 1930~2022)는 일본의 미술사가·방송작가이다. 시 잡지 『노』 동인이었다.

건지도 모릅니다. 좀 더 나아질지도 모른다는 환상이지요.

[오오카] 그거야 그렇지요. 누구나 마찬가지 아닐까요.

[이바라기] 시 낭독 따위 그다지 하고 싶지 않은 것도 그래서일 거에요. '당신은 자기 시 중에서 어느 것을 좋아합니까' 자주 질문을 받지만 '하나도 없다'고 대답하면 뭔가 분위기가 어색해지거든요.

[오오카] 그렇겠지요. 이바라기 씨 입장에서는 그거는 매우 자연스러운 일일 거라 생각합니다. 느낌으로는 이해가 됩니다만 그런 대답을 들은 쪽에서 본다면 허방다리를 짚은 듯한 기분이겠지요.

예를 들어 아주 널리 알려져 있는 「6월」(p53)이라든지 「내가 가장 예뻤을 때」라든지. 그런 시기에 속하는 것과 상당히 최근의 것으로 「나무열매」 「사해파정四海波靜」(p182) 같은 것을 본다면, 역시 최근이 것이 훨씬 좋다는 생각이 듭니다.

[이바라기] 제가 보기에 말인가요. 글쎄요. 옛날 거는 어린 느낌이 들고 그렇다고 해서 최근의 것도…

[오오카] 「나무열매」 같은 거는?

[이바라기] 「나무열매」는 비교적 '내'가 나와 있지 않으니까.

[오오카] 그거는 대단하네요.

[이바라기] 결국 '나다움'이 사라진 것에는 비교적 저항이 없습니다만 자기라는 존재가 너무 드러나는 것은 싫거든요. 오오카 씨는 그런 거는 없으시지요. 물론 나와 있기는 하지만 날것의 형태로 나와있지는 않으니까.

[오오카] 그다지 내놓지 않았지요.

[이바라기] '나다움'이라는 것은 꽤 사라져 있다는 느낌이 듭니다만.

[오오카] 예, 작시作詩에서 '나다움'은 그다지 겉으로 내놓지 않으려고 하고 있습니다. 『노』 그룹 중에서 그러한 것이 잘 나와 있는 사람을 들자면 이바라기 씨와 요시노[27] 씨입니다만, 두 사람 다 '이 이상 더 잘 하는 경우는 드물겠지' 싶을 정도로 잘 나온 유형이라 생각합니다. 그에 비하면 가와사키 히로시나, 다니카와 군이나, 미즈오 히로시, 나카에 도시오[28], 도모타케 다쓰[29], 여성이라도 기시다[30] 씨는 또 전혀 다른 유형이지요. 그러나 전체적으로 '나다움'이라는 점에서 말한다면 '내'가 마주하고 있는

---

27) 요시노 히로시(吉野弘, 1926~2014)는 일본의 시인이자 작사가이다.
28) 나카에 도시오(中江俊夫, 1933~)는 시인으로 시 잡지 『노』 동인이다.
29) 도모타케 다쓰(友竹辰, 1931~1993)의 본명은 도모타케 마사노리(友竹正則)로 일본의 성악가·시인이다. 『노』 동인이었다.
30) 기시다 에리코(岸田衿子, 1929~2011)는 일본의 시인·동화작가·번역가이다. 『노』 동인이었으며 한국에도 다수의 동화가 번역되었다.

대상 사이에 무언가 이렇게 다투면서, 내가 저쪽으로 갔다가 저쪽에 있는 것이 내 안에 들어왔다가, 그러한 형태로 '나'라는 것을 막연히 쓰고 있거든요.

[이바라기] 그런 거 같아요.

[오오카] 이바라기 씨와 요시노 씨는 '나'라고 하는 것과 나와 짝을 이루어 마주하고 있는 있는 세계의 관계가 명확하게 표현되어 있습니다. 그것은 어떤 의미에서 세대적인 문제가 아닐까 싶기도 합니다.

[이바라기] 그럴까요.

[오오카] 우리 세대는 딱 중학교 3~4학년 혹은 2학년인가, 가장 어렸을 시기에 전쟁에 져서 세상이 확 바뀌었다. 그런 시기였으므로 자아의 주장이라는 것을 깨달을 시기에 바깥의 매우 색다르고 매력적인 것이 우르르 몰려들어왔다. 그것에 끌려서 노는 것이 그대로 배우는 것이기도 했다. 그래서 간단히 자아라는 것을 주장하는 것이 불가능한, 그런 세대이거든요.

외부 세계가 홍수처럼 봇물터지듯 밀려오니 어떻게 그것을 자신이 뛰어넘을 것인가에 문제의 초점이 있어서, 그 점이 요시노 씨나 이바라기 씨 세대와 꽤 다른 듯한 느낌이 듭니다만.

[이바라기] 얼마간 그런 게 있을지도 모르겠네요.

그리고 요시노 씨는 사카타 시[31] 이고, 저희 엄마도 쇼나이 지방 출신이라 풍토적인 기질이 가까운 생각도 들고.

폭넓은 공감을 부를 수 있는 시

[오오카] 일반적으로 말한다면 연대 스타일의 차이라는 것은 역시 어딘가에 있는 듯한 느낌이 듭니다. 예를 들어 이바라기 씨 시에 유머가 풍부한 시가 있지 않나요. 「대학을 나온 부인」 그런 유형의 시는 쓸 수 있을 것 같아도 저희들은 쓸 수 없거든요.

[이바라기] 그렇습니까.

[오오카] 여성의 눈으로 보면서 더구나 여성의 입장을 넘어선 눈을 갖고 있어야 쓸 수 있겠지요. 「대학을 나온 부인」(p62)은 한 여성의 성장시이지요.

처음에는 대학을 갓 나온 아가씨. 다음은 대학을 나온 새색시로, 장 주네인가 무언가에 대해 말하면서 기저귀를 간다든지 한다. 그리고 대학을 나온 새댁, 마지막은 대학

---

31) 사카타 시(酒田市)는 야마가타 현 북서에 위치한, 쇼나이 지방 북부의 도시이다.

을 나온 어머니로 호칭이 바뀌어가거든요. 대학을 갓 나온 때에는 어떤 의미에서 남성과의 관계에서도 자기를 주장하고, 나는 새시대의 여성으로서 제대로 살 거야하는 지점에서 시작해서 점점 가정 속으로 들어가 씩씩하게 되어 가지만, 그것과 동시에 집안에 묵직하게 뿌리를 내려가는 그런 느낌이 담긴 여성의 성장시이지요.

[이바라기] 그래요. 그 시절에는 대학을 나온 엄마가 아직 드물었지요. 지금은 아무데서나 흔히 볼 수 있지만.

[오오카] 이런 시를 읽으면 저 같은 경우는 유머를 느낍니다. 하지만 다른 관점에서 보면 '이런 여성은 결국 예부터 내려온 가족제도 안에 안주하는 유형의 여성이 아닌가' 하는 비평을 하려고 하면 할 수 있지요.

[이바라기] 예. 하지만 '지방자치단체 의원이 되면 어떨까' 하는 행도 있고 장래에 지역에서 착실하게 활동할 것이라 암시할 셈이긴 했습니다만.

[오오카] 이바라기 씨의 경우는 그런 의미에서 이데올로기적으로 여권을 주장한다든지 그러한 입장과는 선을 긋고 있고 그런 면에서 광범위한 사람의 공감을 부를 수 있는 시를 쓰고 있는 셈이지요. 그것도 단순히 여성의 성장시를 쓰고 있을 뿐만 아니라 유머러스한 요소가 있고, 그

것이 이바라기 씨가 갖고 있는 여성관의 넓은 폭을 느끼게 만드는 요소이겠습니다. 남자 입장에서 보면 이바라기 씨는 '재미있다'는 생각이 듭니다만 이데올로기적으로 첨예하게 '여성은 이렇게 싸워야 한다'라는 생각을 하는 사람들 입장에서 보면 이바라기 씨의 시라는 것은 이게 또…

[이바라기] 애매하다든지…

[오오카] 애매하다고 생각하겠지요. 실제로 그러한 비판 따위 받은 적이 있습니까.

[이바라기] 딱히 없었습니다만. 그렇게 생각하는 사람이 많을 것이라는 느낌은 들어요. 하지만 조금 옛날, 예를 들어 에도 시대에도 모든 여성이 학대당하고 위축되어 있었던 건 아니잖아요. 자신의 재능과 내용을 담아 장場을 만들어내어, 남성에게 한 수 위라고 인정하게 만든 여성도 있었습니다.

이케노 다이가 부인[32] 을 조사한 적이 있는데, 그녀는 요새말로 하자면 파티에도 거침없이 나다녔고 요사 부손[33] 과 함께 서화 따위도 그렸어요. 자연스럽게요. '여성해

---

32) 이케노 다이가(池大雅, 1723~1776)는 에도 중기의 문인화가이고, 이케노 다이가의 부인인 이케노 교쿠란(池玉瀾)도 화가였다.
33) 요사 부손(与謝蕪村, 1716~1784)은 에도시대 하이쿠의 거장이자 문인화가이다.

방, 여성해방'하며 외부를 향해 외치기만 하는 것은 조금 이상하다고 생각되는 면도 있지 않나 싶어요.

제가 가까이서 지켜본 할머니들의 삶을 떠올려보더라도 가정 안에 아주 당당한 지위를 자신의 실력으로 확보하고 있었단 말이에요. 하지만 전체적으로 보면 아직 비인간적인 취급은 잔뜩 있을 터이니 착실하게 활동하는 사람들은 지지합니다. 제가 선거를 한 번도 기권하지 않은 것은 역시 메이지시대부터 여성참정권을 위해 싸워온 사람들이 있기 때문에 그 사람들에 대한 경의도 있고 해서 비가 오든 폭풍이 치든…

[오오카] 그렇군요. 저는 그 사고방식에 동감입니다만, 이바라기 씨의 경우는 아버지를 보면서 아버지와의 관계에서 그러한 자기 사고방식을 확립해갔던 게 아닌가 싶거든요.

[이바라기] 예. 아버지는 이따금 말씀하셨어요. "남편이 죽었다고 우는 것은 여유가 있는 사람 이야기이고, 아이를 안고 내일부터 어떻게 할까 생각하는 부인은 눈물 따위 한 방울도 보이지 않는단다, 아주 단단하지." 전부 구체적이어서 저도 모르게 제안에 스며드는 듯한.

[오오카] 그것은 깊은 생활의 지혜에서 오는 거라 생각합

니다. 그리고 미우라 씨와 결혼하시고 계속 함께 사셨는데 그는 참 멋진 분이셨습니다. 저희는 자주 댁에 방문했기 때문에 알고 있습니다만 그런 분과 결혼했기 때문에 이바라기 씨의 그러한 사고방식이 자연스레 뿌리를 내린 면도 있겠지요.

[이바라기] 그러네요, 아버지나 남편이 형편없는 남자였다면 지금쯤 저는 더 과격하고 재미있었을지도 모르지요 (웃음).

[오오카] 결국 여성 대 남성이라는 것은 이데올로기만으로는 도저히 해결할 수 없는 면이 대단히 많다고 생각합니다.

[이바라기] 정말 그래요.

[오오카] 남자도 여자도 우연히 함께 하게 된 상대나 연애하고 있는 상대로부터 영향을 받는다. 그리고 형태가 만들어져가는 자아는 자기만의 자아가 아니고 상대가 들어와 있는 자아이므로, 그러한 점에서는 남자와 여자를 대립관계만으로 파악할 수는 없다.

[이바라기] 그렇지요. 그런 것을 가장 잘 솜씨 좋게 해낸 것은 오오카 씨 아닌가요.

[오오카] 아닙니다, 제 경우는 다릅니다.

[이바라기] 하지만 부인 후카세 사키[34] 씨는 오오카 씨의 유능한 비서이고 게다가 자신도 창작활동도 하고 계시니 매우 좋다고 생각해요. 올해 발표하신 「꽃잎의 어둠花びら闇」이라는 소설을 읽어봐도 오오카 씨의 일을 도우면서 일본고전에 대한 교양을 자연스레 축적하신 것을 분명히 알 수 있거든요.

[오오카] 이제야 그것이 가능할 만큼 여유가 생긴 것입니다만 그녀의 말로는 알고지낸 처음부터 제 자신이 그러한 것을 주장했다고 합니다. 하지만 실제로는 저를 위해 귀중한 시간을 써온 것이지요. 다만 근본적으로는 둘이서 해온 부분이 있으므로 간단히 어느 한쪽이라고 정리할 수 없는 문제라고는 생각합니다.

[이바라기] 결혼하시기 전에 후카세 사키 씨가 하신 말씀을 떠올려보면 결혼하자는 남성은 딴 사람도 있었지만 조건이 좋은 이미 완성된 사람과 결혼하는 것은 재미없다. 하고 싶지 않다. 나는 완전히 미지수인 오오카 군과 함께 무언가를 만들어가고 싶다고 했거든요. 그 진취적인 기상에 감동한 적이 있는데 그 말 그대로 되었지요. 그 시절 오오카 씨는 앞으로 어찌 될는지 예측할 수 없는

---

34) 후카세 사키(深瀬サキ, 1930~)는 극작가이다. 본명은 오오카 가네코(大岡かね子).

청년으로⋯

「다 큰 사내를 위한 자장가」의 사상 따위를

[오오카] 여쭈어보고 싶은 게 뭐냐 하면 말이지요, 이바라기 씨 작품 중에 「다 큰 사내를 위한 자장가」(p79)라는 게 있지 않습니까.

그 시는 뭐니뭐니 해도 미우라 씨가 빵의 효모로 작용했으리라 생각되고, 쓰고 있는 동안에 이바라기 씨 안에서 '다 큰 사내'라는 이미지가 남편과 서로 겹쳐서 부풀어올랐다고 생각합니다. 그 속에서 왜 그렇게 헐떡이며 서두르는가, 소중한 것은 아주 조금밖에 없다, 그 소중한 것을 추구하기 위해서는, 좀 더 천천히 페이스를 늦춰서 하는 것도 괜찮지 않은가하는 지점이 있지요. 그런 지점을 읽으면 저 같은 사람도 자연스레 반성해서 '그렇지' 하고 생각하게 되거든요.

확실히 여성의 입장에서 보면 사내라는 것은 그 시에서 노래하는 것처럼 헐떡이며 뭔가를 하는 그런 사내가 많지요. 그 시는 어떠한 발상에서 쓰셨습니까.

[이바라기] 그거는 자연스럽게 나온 시입니다. 하지만 나중에 생각해보면 말이에요, 마침 고도성장기 초기였거든요. 그래서 조금 '예언적이었나' 하고 생각하긴 합니다만. 그 시의 경우 글 쓰는 사람들을 염두에 둔 것은 아니었습니다. 전기제품 따위 무턱내고 만들어서 팔면 된다는 식이니까, 그것도 좋은 것이면 다행이지만 허술해 보이는 것만 눈을 부릅뜨고 만들고 있지 않았나 싶은 상황이라. 몇 년 지나지 않아 부품은 없어지고 대형 폐기물은 늘어나는 그러한 미국화된 생산유통이 맘에 들지 않아서.

[오오카] 그래요, 그 시는 그런 의미에서 시대의 전환기와 장래의 일본사회를 떠올리게 하는 행이 분명히 있었습니다. 그러면서도 대상으로 삼아 노래하고 있는 것은 '다 큰 사내'라고 부르는 남자이므로 그 지점이 매우 친근하고 접근하기 쉬웠지요.

[이바라기] 마카베 진[35] 씨는 말이에요, 완전히 남편이라 보고 써주셨지만 딱히 그렇지는 않고 남성 일반입니다.

[오오카] 그렇겠지요. 아, 그 시하고 말이에요, 비교적 최근의 시로 근성없는 아카짱(아기)인가…

---

35) 마카베 진(真壁仁, 1907~1984)은 일본의 시인·사상가이다.

[이바라기] 아 '근성없는 무짱'[36]

[오오카] 그 시에 '꿋꿋하게 근성없이 살아가는게/ 이 나라에선 훨씬 어렵기 때문에'라는 부분이 있지 않습니까. 그런 것과 이어져 있다는 생각이 들어요, 「다 큰 사내를 위한 자장가」의 사상이라는 게.

이바라기 씨 안에는 언제나 그러한 요소가 있고 그것이 헐떡거리며 많은 작품을 쓰지는 않는 이바라기 노리코의 입장에도 이어지고 있는 건지도 모르겠습니다.

[이바라기] 요즈음 시대의 시간의 흐름이라는 게 이상하지 않나요. 좀 이상해요.

[오오카] 이바라기 씨의 분위기라는 게 체격도 크고 느긋하고 낙낙한 느낌이라, 전체로서 그런 시를 읽으면 '아아, 여기에는 역시 이바라기 노리코가 확실히 숨쉬고 있다' 그런 느낌이 들거든요. 그래서 저는 그런 유형의 시가 이바라기 씨 작품 중에서 매우 소중하다고 생각합니다. 그것이 아마도 이바라기 씨 안에서 「류렌런 이야기」 (p91)로도 되었겠지요. 그것은 14년이나 동굴 속에서 숨어 있던 '류렌런'이 전쟁이 끝나서 벌써 밖으로 나왔어도

---

36) 이바라기의 시 「여름의 소리(夏の声)」에 등장하는 인물이다. 시집『제 감수성 정도는』에 수록되었지만 이 선집에는 실려있지 않다.

좋았을 텐데, 전쟁이 끝난 줄도 모르고 숨어 있다가 겨우 발견된 중국인이지요. 10여년간 줄곧 동굴 속에서 견디며 때로는 민가로 나와서 도둑질이나 뭔가도 했을 터이지만 그렇게 해서 목숨을 이어 마침내 중국에 돌아갔습니다. 이 이야기에는 많은 사람이 감동했을 터이지만 이바라기 씨가 그 감동을 작품으로까지 만들었다는 그 지점에 깊은 의미가 있는 거지요.

아까 이야기에 나왔던 고도성장 이후 탄력을 받아서 멈출 수 없게 되어버린 일본사회에 대해서도 '좀 더 천천히 하지 않으면 진정한 생활은 불가능하다'는 비판이 있고, 그것이 류렌런이라는 중국인이 겪은 저러한 '시간의 질'이라는 것에 주목하여 그것을 작품으로까지 만들려고 생각한 것에도 이어져 있다. 그것이 숨겨진 하나의 모티브가 아니었을까 싶은 거지요.

이바라기 노리코의 시간의 흐름은?

[이바라기] 오늘은 저도 모르던 심층심리 같은 것을 꽤 지적받는군요.

[오오카] 요컨대 이바라기 씨의 시간의식은요, 현대사회의 시간 속에서 '이것만이 진정한 생활시간은 아니다'라고 줄곧 이야기하고 있다는 거지요.

[이바라기] 그럴지도 모르겠습니다. 정말로. 그런 말씀을 들으니 뭔가 분명해지는 것입니다만. 제 나름으로 납득이 가는 시간의 흐름을 따로 만들어 따라가고싶다. 느긋하게. 하지만 아무래도 휘말려버리지요, 이 세상의 요란스러움에.

[오오카] 그러니까 『노』동인회 등에서요, 이바라기 씨는 '자기가 지금 뭘 하고 있다'는 따위 그런 이야기를 거의 하지 않으시지요.

[이바라기] 예. 하지만 다른 사람도 거의 그러지 않나요. 지금 뭘 하고 있다는 따위 거의 말하지 않잖아요.

[오오카] 거의 쓸 데 없는 잡담밖에 하지 않지만, 그렇다고 하더라도 이바라기 씨는 극단적으로 그런 것에 대해서 과묵하거든요. 예를 들어 한국어를 공부하고 있다는 것도 시작하고나서 상당히 시간이 지나고나서야 어렴풋이 알게 되었습니다. 이바라기 씨 내부에는 시간이라는 것을 양이나 소가 되새김질하는 것처럼 되새김길하는 시간이 굉장히 깁니다. 다른 사람들은요, 꽤 빨리 우적우적

씹으면서 그것을 영양분으로 삼으려 하지요. 그러한 생활방식을 지금 현대인은 강요받고 있구요. 하지만 '영양에는 최종목표가 있는 것인가', '과정을 착실히 즐겨도 괜찮지 않나'라든지 그러한 지점이 이바라기 씨의 생활신조 안에 상당히 있는 듯한 느낌이 듭니다.

[이바라기] 있지요. 그거는 확실히. 오오카 씨도 그렇다고 생각합니다만. 이상한 거는요, 시를 쓰고 있는 시간은 아깝지가 않잖아요?

[오오카] 전혀.

[이바라기] 그것은 3시간이 걸리든 4시간이 걸리든 아까운 느낌이 들지 않아요.

[오오카] 시간이 아니지요, 그거는.

[이바라기] 그러니까 역시 시가 좋은 거구나 싶은 겁니다. 거기에 쓰는 시간은 아깝지 않다는 거는.

다른 일을 하고 있으면 '아아 이런 일을 하면서' 싶어지지요. 잡초를 뽑는다든지 청소를 한다든지. 그래요, 굳이 취미라고 한다면 여행일까요.

[오오카] 이바라기 씨는 요리솜씨가 아주 좋습니다만, 손으로 하는 일은 근본적으로 좋아합니까.

[이바라기] 좋아해요. 재주가 있지요. 커튼도 꿰메고 하복

따위 제가 만들기도 하고. 그러고 있으면 모두 깜짝 놀라 '당신, 재봉틀도 쓸 줄 알아?'(웃음). 벌렁 드러누워 아무것도 하지 않는 유한부인으로 보였던 모양이에요, 시 따위 쓰고 있으면.

[오오카] 하아.

그거는 똑같이 시를 쓰고 있는 사람의 견지에서 보아서?

[이바라기] 그래요. 언젠가 『이사사카いささか』라는 동인지 모임이 있어 우리집에서 좀 맛있는 카레라이스를 만들었더니 '이런 것도 할 줄 아십니까, 의외네요'라고 나카시마 가이치로[37] 씨에게 한 마디 들었어요.

[오오카] 그렇군요. 이바라기 씨의 이미지를 생각하면 그럴지도 모르겠습니다.

[이바라기] 비교적 부지런합니다. 역시 전란을 겪은 아이니까요. 톱질도 하고 괭이질도 잘 한답니다. 그러고보니 신혼 때 이웃에 사는 분이 "부인, 농촌 출신이십니까?"(웃음).

[오오카] 아, 진짜로?

[이바라기] 젊을 때 호되게 당했으니까, 근로봉사라고. 모내기든 벼베기든 말이에요.

---

37) 나카시마 가이치로(中島可一郎, 1919~2010)는 일본의 출판인·시인이다.

시는 방법론으로는 쓸 수 없습니다

[오오카] 작품을 쓰는 방법이랄까 그런 거를 물어봐야 소용없다고 답이 온다면 별 할 말은 없겠습니다만. 이바라기 씨의 경우 작품을 구성하는 방식이 아까도 말했습니다만, 두 가지 것을 대비하여 파악하는 경우가 비교적 많습니다. 예를 들어 「대화」(p17) 같은 시는 전형적으로 그런데요. 네이블 오렌지 꽃과 사자자리 별이 명멸하고, 하늘과 땅이 대화하고 있고, 그것을 방공防空수건을 쓴 인간 소녀가 보면서 말문이 막힌 채 그 자리에 서 있다.

[이바라기] 예.

[오오카] 그런 구도는 대체로 이바라기 씨의 기본적인 시 구도로서 존재하는 듯한 느낌이 듭니다. 본인은 그것을 의식하십니까.

[이바라기] 그러게요, 대상을 상대적으로 파악하려는 버릇은 있을지도 모릅니다.

[오오카] 결국 그것은 드라마틱하게 파악한다는 것과도 통하겠지요.

[이바라기] 예. 다만 시학이라든지 방법론 같은 건 그다지 없고, 또 그것은 갖고 싶지 않다는 마음도 한 편에 있지요. 제 마음 가는 대로 쓰고 싶다고 할까.

무슨무슨 주의나 이즘이라는 거에 따라 쓰면 역시 걸리적 거리지 않습니까? 그래서 망가져간 사례는 전후戰後에도 많았죠. 차라리 충동적인 것을 소중히 여기고 치밀어오르는 것을 어떻게 쓰느냐 그 수밖에 없지 않나 싶은 거지요.

[오오카] 그것은 『노』그룹 시인들이 대체로 그렇지요. 저는 조금 그런 지점에서 벗어나 있었죠. 외국 시 따위를 읽었기 때문에 시라는 것에 여러 가지 쓰는 방법이나 방법론이 있다는 것, 그것이 '운동'의 기반을 이루고 있다는 것을 배워서 그런 거에도 관심을 가진 사람이었기 때문에. 제가 『노』에 들어갔을 당시의 느낌으로 말하자면, 『노』 시인들은 시론이라든지 시학이라든지 시의 방법론 따위에 가장 경계심을 갖고 있는 사람들의 모임이었어요.

[이바라기] 아, 그런 식으로 느꼈습니까.

[오오카] 그리고 저는 제 자신이 시를 쓸 때에는 특정한 방법론에 따라 쓴다거나 하지 않았으므로, 그런 의미에서는 '나는 『노』그룹에 들어가도 조금도 이상하지 않다'라고 생각했습니다만.

[이바라기] 처음부터 의식적이었네요.

[오오카] 그것은 모두가 공통적으로 갖고 있었던 것이지요.

[이바라기] 흠, 지금 알았습니다.

[오오카] 방법론으로는 시를 쓸 수 없다는 것은 당연한 말이겠습니다만, 방법론이라는 것의 재미에 빠지면 방법론으로 시를 쓸 수 있을 거같은 생각에 빠집니다. 그 지점을 구별하지 못하는 사람들이 이바라기 씨가 지금 말한 것처럼 망가져버립니다. 최종적으로는 감수성의 문제이니까요.

정말이지 '제 감수성 정도는/ 스스로 지켜라(p169)'고 말하는 이바라기 씨의 사상이 제일이라 생각합니다.

번역·근친·만가에 대하여

[오오카] 그런데 요즘은 한국시를 번역하고 있으시다고.

[이바라기] 조금씩 번역하려고 생각하고 있습니다만. 시 번역은 오오카 씨도 옛날부터 하셔서 능숙하시겠지만, 어렵네요. 무서워요. 오오카 씨의 번역철학을 듣고 싶네요.

[오오카] 두 가지 방법이 있다고 생각하는데, 뭐냐 하면 자기 언어로 말하는 일본어 이야기로서 충분히 납득할 수 있는 방향으로 가지고 가든지, 아니면 상대의 사상을 엄밀하게 표현하고 더구나 원래의 시가 지닌 리듬에 상

응하는 것을 어떻게든 일본어로 옮기려고 노력하든지 그 두 가지겠지요.

[이바라기] 저는 역시 일본어로 읽을 수 있는 것으로 하고 싶어요. 어색한 번역투는 질색이거든요.

[오오카] 제일 훌륭한 번역은 뭐니뭐니 해도 제 나라 언어로서 소화되어 번역이라고는 생각되지 않는 것이어야 한다고 생각합니다.

[이바라기] 어디까지 의역이 가능할까. 쓰는 사람의 입장에서 보면 어디까지나 원작을 존중하고 싶기도 하고.

[오오카] 번역의 기본이고 또한 궁극의 문제이겠습니다. 그런데 이바라기 씨의 가족에 대해서는 집요하게 물었던 적이 없기 때문에 대단히 곤란하긴 합니다만, 아버지에 대한 것을 조금 쓰신 것에 비해 미우라 씨에 대한 것은 그다지 아직 제가 본 적이 없습니다. 이바라기 씨에게는 비상한 슬픔이었을 터이므로 벌써 이미 쓰시고 있거나 머지않아 쓰시리라 생각합니다만, 육친에 대해서는 그다지 쓸 수 없는 것입니까.

[이바라기] 역시 쑥스러움이랄지 부끄러움은 있지요.

[오오카] 그렇습니까. 이바라기 씨는 자기자신이나 미우라 씨 등 가족에 대해서 쓰지 않는 것에 비하면 다른 사

람에 대한 것은 자주 쓰시거든요. 예를들어『인명시집人名詩集』같은 거라든지. 저는 그 지점이 역시 조금 균형을 잃은 것이 아닌가 하는 느낌이 들거든요.

[이바라기] 균형이라…

[오오카] 그리고 미우라 씨에 대한 것을 시 한 편에 응축할 게 아니라 산뜻하게 연작시로 쓰시면 근사한 시집이 한 권 나오리라는 느낌이 들거든요. 독자로서의 입장에서는 꼭 읽고 싶은데 말이지요.

미우라 씨는 의학자였으므로 문학인 따위의 세계와 다른 관심이나 흥미를 가진 지점이 당연히 있었을 터이고 술도 아주 좋아하셨잖아요. 사귀는 사람에 대해서도 저희들과 전혀 다른 유형의 사람하고도 사귐이 있었을 거 같기도 하고, 그런 의미에서 말하자면 의학도이자 남편이었던 사람이고 또 연구자였던 그러한 사람을 시로 조형한다면 어떻게 될까 하는 것에 저는 관심이 있습니다.

[이바라기] 사람이 돌아간 다음 곧 바로 추도기追悼記라든지 만가를 내는 것은 바람직하지 않겠지요. 긴 시간을 들여서 여전히 남은 것이 있었다면 몰라도. 그래서 써서 모아두고 있기는 하지만 지금 발표할 마음은 들지 않습니다. '꼭 응축하지 말고 산뜻하게'라는 말은 대단히 좋은

충고네요.

[오오카] 저는 이바라기 씨의 경우는 문장보다도 시의 형태가 좋으리라 생각합니다. 쓰기 쉬울 거에요. '좋다'고 한 것은 가치판단으로서는 아니고 쓰기 쉬울 거라 생각해서. 단편적으로 써 가는 것만으로 좋지 않을까요.

[이바라기] 아이들 장난감에 직소퍼즐이라는 게 있지 않나요? 하나하나 끼워넣어 건물이나 동물 모습을 만들어 가는… 지금까지 마음 가는 대로 써온 시는 그 '부분'같은 느낌도 듭니다. 아직 소중한 부분을 끼우지 않았으므로 사자일지 표범일지 알 수 없어요. 남편에 대한 것도 그 소중한 '부분'일지 모르겠습니다.

[오오카] 그거야 그렇겠지요. 심장부라든지 눈이라든지.

[이바라기] 그것이 제 가장 약한 부분이었다든지. 그런 만큼 딱 맞게 끼워졌으면 하는 마음이 있습니다만. 그렇지만 빠진 채로도 나쁘지 않고 해서 미묘한 지점이지요.

[오오카] 저는 미우라 씨하고는 몇 번밖에 뵙지 못했지만 아주 매력적인 분이었습니다. 맞선 자리에서 바로 마음을 정하신 겁니까.

[이바라기] 그게 말이에요, 딱 이 사람이다 싶었어요. 그때까지 열심히 맞선결혼이라는 사실을 얼버무렸었는데

이번에 폭로한 사람이 있어서. 정말이지 천망회회天網恢恢(웃음)[38]. 예, 금세 결정했습니다.

[오오카] 그렇게 빨리 돌아가신 것은 정말 안타까운 일입니다만. 미우라 씨의 분위기는 차분하고 침착한 느낌이었습니다. 야마가타 사투리가 조금 있으셨지요.

[이바라기] 조금 정도가 아니었지요.

[오오카] 그것이 또 매우 좋은 느낌이었는데요.

[이바라기] 예, 하지만 그게 그이의 큰 콤플렉스였습니다. 일반적으로 남자는 조금 촌스러운 구석이 있는 편이 좋은 거예요, 조그마한 틈도 없는 시티보이는 재미없어요. 도치기산 우엉이라거나 아키타산 머위라든지, 조금 지방 냄새를 남겨두는 게 좋은 건데 그걸 말해주는 걸 잊었네요(웃음).

[오오카] 그런 시도 써 주십시오. 시티보이가 되지 못한 많은 남자들이 이바라기 씨를 마음의 연인으로 삼을 겁니다(웃음).

(1984년 11월 14일 오오카 마코토 씨 댁에서)

---

38) '천망회회 소이불실(天網恢恢疏而不失)'은 하늘의 그물은 크고 넓어 엉성해 보이지만, 결코 그 그물을 빠져나가지는 못한다는 뜻으로, 『도덕경』에 나오는 말이다.

물소리 높게 - 해설을 대신하여

　이바라기 노리코의 시를 읽는데 준비는 필요없다. 앞에 놓인 작품을 손으로 받아들고 순수하게 읽으면 충분하다. 의미가 불분명한 부분은 없다. 아주 맑고 깨끗한 일본어로 쓰여 있다. 때로는 지나치게 명쾌해서 궁금해지는 구석이 너무 없다고 불만스러워할 사람이 있을지도 모르겠다. 하지만 이 시인의 시가 위력을 발휘하는 것은 아마도 다 읽은 뒤, 한참 지난 뒤. 언어의 길이 끊어진 곳에서 이 시인의 '시'는 새롭게 시작된다. 늦게 퍼지는 감개가 있으니 그것은 읽은 뒤 금세일 경우도 있겠고 몇 십 년 뒤에 도착할 경우도 있을 것이다.

　현대의 시에는 여러 유형이 있고 읽은 순간 머릿속에 언어의 불꽃이 터지는 즉효형도 있다. 그것은 그것대로 자극이 있고 순간은 즐길 수 있다. 그러나 두세 번 되풀이하여 읽을 일은 없다.

　이바라기 노리코의 시는 그렇지 않다. 어떤 '느림'을 처음부터 지니고 있다. 한 편의 시가 빈틈없이 조립되어 있는데도, 아니 바로 그렇기에 그 효과는 서서히 스며든다. 의미상에 '빗나감/흔들림'이 없으므로 시로서 발효되는 데 시간이 필요한 것인가. 아니 이렇게 말할 수 있다. 어떤 시에나 이바라기 노리코의 '경험'이라는 것이 배어들어 있으므로 독자는 그것을 뒤에서 좇게 된다. 제 인생을 살아가는 어딘가에서 '아, 그 때 이바라기 노리코가 쓴 것은 이거였나' 하고 독해가 뒤늦게 따라오는 것이다.

릴케는 『말테의 수기』에서 다음과 같이 썼다.

시는 언제까지나 끈기 있게 기다려야만 하는 것이다. 사람은 평생에 걸쳐, 그것도 가능하다면 70년 혹은 80년에 걸쳐 우선 벌처럼 꿀과 의미를 모아야만 한다. 그리하여 가까스로 최후에 아마도 불과 열 줄의 훌륭한 시를 쓸 수 있을 것이다. 시는 사람들이 생각하듯 감정이 아니다. 시가 만약 감정이라면 어린 나이에 이미 넘칠 만큼 가지고 있어야 한다. 시는 사실은 경험인 것이다.(오야마 데이치 역, 신초문고)

이바라기 노리코는 그렇게 꿀과 의미를 정성들여 모으고 그것들이 서서히 증류되기를 기다려 한 편을 썼다. 아주 사치스런 시인이다.

내가 처음으로 만난 것은 「길어올리다 - Y·Y에게[1]」라는
시다. 읽고 울었다. 본서에는 수록되어 있지 않으므로 몇
행을 뽑아 소개하기로 한다. 시는 다음과 같이 시작된다.

어른이 된다는 것은
닳아빠지는 것이라고
믿고 있던 소녀 시절
행동거지가 아름다운
발음이 정확한
멋진 여자와 만났습니다

그 멋진 사람은 '앳됨이 소중한 거야'라고 했고 사람의
'타락'에 대하여 말했다. 그리고나서 '내'가 깨달은 것은
다음과 같은 것이다.

어른이 되었어도 허둥지둥해도 괜찮구나
어색한 인사, 보기 흉하게 빨개지는

---

1) Y.Y.는 야마모토 야스에(山本安英, 1902~1993)로 신극 여배우·낭독가이다. 이바라기 노
리코가 요미우리 신문 희곡모집에 가작으로 당선된 것을 계기로 만나게 되었고 그 뒤 평
생 동안 관계가 이어졌다.

실어증, 매끈하지 못한 몸짓

　　아이의 욕설에도 상처받아버리는

　　미덥지 못한 생굴 같은 감수성

　나는 '내 이야기'가 쓰여 있다고 생각했다. 적면공포赤面恐怖에 불안장애. 사춘기는 벌써 지났음에도 불구하고 자의식과잉으로 딱딱하게 굳어 있었다. 나에게 젊음이란 지옥이었다.

　그러나 시의 핵심은 조금 더 앞에 있다. 다음 3행을 은밀히 마음에 새긴 사람이 의외로 많지 않을까.

　　온갖 일

　　모든 좋은 일의 핵核에는

　　흔들리는 약한 안테나가 숨어 있다 꼭…

　이제 충분히 어른이 되고 보니 약함에 안주하는 것은 부끄럽다 싶고 '타락'하지 않고 사는 일 따위가 가능할까 싶기도 하다. 그래도 또한 이 3행에는 진실이 있다고 나는 생각한다. 나 자신이 성숙해 가는 데에 힘을 빌려주었다고 생각하는 말이다.

그 뒤 이 말은 다양하게 파문을 만들어 일뿐만 아니라 애초에 모든 인간의 핵에는 흔들리는 약한 안테나가 숨어 있다는 인식을 불렀다. 심한 말로 남에게 상처를 입히는 사람이 있더라도 그의 약함이 말을 하게 만들고 있는 것같은 생각이 들었다. 한 편의 시가 뒤늦게 도착한다는 것은 예컨대 이러한 것이다. '인간을 생각하게 만드는 지점'으로 독자를 옮긴다. 본래 타자의 존재가 있어야 시가 성립한다. 자기 이외의 인간이 시 안에 잇따라 등장한다. 이것은 이바라기 노리코가 그 출발점에서 '각본'을 썼다는 사실과 모종의 관련이 있는지도 모르겠다.

첫 시집부터 암시적으로 『대화』라고 한다. 인간관이 성숙해 있다는 인상을 받는다. 고독을 알고 고독을 사랑하면서, 사람과 살아가는 진정한 '대화'가 이 사람이 만든 삶의 형식에 들어있었다. 나중에 『인명시집』이라는 제목의 시집도 냈지만 굳이 그렇게 총괄하지 않더라도 타자를 풍부하게 포함하며 시를 지었다. 「길어올리다」도 그렇지만 타자의 한 마디 발화에 반응하여 쓰인 시가 많이 있다.

그 경우 사람의 말은 씨앗이다. 기르는 것은 시인 자신으로, 던져진 씨앗으로 인해 내부에 생긴 변화를 언어로 치환하여 보고한다. 거기에는 상호교류가 있다. '나만의 세계'를 세우겠다든지, '나만의 언어'를 쓰겠다든지 하는 야심에 찬 의식은 없었던 것이 아닐까.

시 안에 어떤 사람이 나오고, 어떤 것을 말했는지 구체적으로 몇 가지 예를 들어보자.

> 창문 너머로 살짝 내 책상을 엿보고
> "부인의 시는 나도 이해할 수 있어요"
>
> (「두 명의 미장이」, p176)

「사해파정四海波靜」(p182)에서는 누구나 아는, 쇼와 천황의 삼킬 수 없는 저 발언이 인용되어 있다.

> 그러한 언어의 기교에 대하여
> 문학 방면은 그다지 연구하지 않았으므로
> 대답하기 어렵습니다

아동용 가방을 메고 긴 머리를 땋아 양갈래로 늘어뜨린 여자애와 단발머리 여자애는 아래처럼 꽤 그럴듯한 것을 말한다.

＜원래 엄마란 건 말야

고요

한 데가 있어야 하는 법이란다＞(「호수」, p215)

'할머니가 제일 행복했던 때는?' 하고 손녀인 '내'가 묻자 할머니의 대답도 시가 되었다.

"화로 둘레에 아이들을 앉혀놓고

떡을 구워주었을 때"(「대답」, p224)

"백비탕 주세요"라고 말하며, 약국에 온 것은 젊은 여자(「백비탕」).

"축제는 끝났구나"라고, 그런 때만 남자말투로 중얼거린다는 할머니의 말도 잊혀지지 않는다(「축제는」).

그리고 「꽃 이름」(p68)이라는 시는 덧없음이 바람에 실려 독자의 가슴에 흘러와박히는, 왠지 모르게 매우 좋은 시이다. 이것 또한 전차 안에서 갑자기 말을 걸어온 남자하고의 대화로부터 시작된다.

"하마마쓰는 매우 진보적입니다"

"그리 말씀하시는 이유는요?"

"전라가 되어버리니까요, 하마마쓰의 스트립 극장, 그 야말로 진보적입니다"

등산모를 쓴 남자는 아주 쾌활하다. 지금부터 조카의 결혼식이라지만 '내' 쪽은 실은 부친의 장례식에서 돌아오는 길. 하지만 물론 그런 것을 그에게는 말하지 않는다. 말하지 않았으므로 어쩔 도리 없는 일이지만, 그는 전혀 분위기를 살피지 못하는 약간 우스꽝스러운 사내로 독자의 눈에 비친다.

"당신은 교사인가요?"

"아니요"

"그러면 그림 그리는 분?"

"아니요

전에, 여자탐정이냐는 말을 들은 적도 있습니다

역시 기차 안에서"

"하하하하"

이 부분은 독자에게 이바라기 노리코의 이미지를 예기

치 않게 정착시켜 버린 느낌이 드는 지점으로, 아마도 본인은 바라는 바가 아니었으리라 생각되지만 역시 그녀에게는 자세가 반듯한 '교사' 이미지가 있다. 하지만 이 '교사'는 제법 맹한 데가 있다. 나중에서야 알아차리지만 '백목련 꽃'을 '태산목泰山木'이 아닐까 하고 그에게 언뜻 시사했다. 나도 자주 그러므로 웃음이 나왔다. 이것도 나중에 뒤늦게 도착하는 한 사례이고, 이바라기 노리코에게 온갖 '뒤늦음'은 시가 태어나는 모태였는지도 모르겠다.

여자가 꽃 이름을 많이 알고 있는 건
아주 좋은 일이란다
아버지의 옛말이 천천히 스쳐갔다
철들고부터 얼마만큼 두려워했을까
사별의 날을

동승객과의 태평하고 유쾌한 회화에 구슬픈 죽음의 향이 뒤섞이고 전차는, 아니 시는 앞으로 나아간다. 말미는 다음 4행으로 마무리된다.

그 등산모를 쓴 전중파

꽃 이름 틀린 것을

언제, 어디에서, 어떤 얼굴로

알아차릴까

　인간이 품은 시간에는 지속遲速이 있고 엇갈림이 있다.
처음부터 균형잡힌 완벽한 관계 따위 있을 리가 없다. 인
간의 관계 속에서 어째서인지 흘러나와버리는 것, 뒤늦
게서야 도착하는 것이 있음을 시인은 충분히 알고 있다.
이 시에는 그것의 슬픔이 두 명의 남자를 통해서 두 가지
형태로 쓰여 있다.

　"좋은 남자였어, 아빠/딸이 바치는 꽃 한 송이/살아 있을
때 말하고 싶었으되/할 수 없었던 말입니다"라고 했지만,
이바라기 노리코가 인간을 응시하는 눈에 안정된 따뜻함
이 있는 것은 이런 부친의 존재가 있었기 때문이리라.

　다만 이바라기는 가장 민감하고 다감했을 무렵인 11세
에 생모를 잃는다. 그것을 생각하면 나보다 훨씬 연상이
고 더 이상 이 세상에는 없는 이 시인을 '딸'처럼 위로해
주고 싶어진다. 더구나 이 시인은 그것에 대해서 침묵하
고 있다. 어머니의 죽음을 언급한 시가 있었을까?

　늘 빛 쪽을 향하는 향일성向日性이 눈에 띄지만 「앓」

(p158)이라는 시에는 '적료'라는 말이 있다. 머리로는 알더라도, 온갖 본질을 제것으로 알 수는 없다는 '불가능성'을 노래한 작품으로 "타인에게는, 만질 수도 없는/ 어디에서 솟는지 모를 나의 적료寂寥 또한"이라는 2행이 있었다.

나중에 '아버지'를 대신하여 '남편'이 나타나 실생활에서 그녀를 지탱한다. 그러나 남편도 이바라기가 49세 때에 간장암으로 떠난다. 『세월』은 남편을 그리는 시집이다. '일종의 연애편지같은 것이어서, 약간 쑥스럽다'고 생전에는 공표되지 않았다. 그 시편은 깨끗하게 정서되어 Y라고 쓰인 크라프트 상자 안에 들어 있었다(『세월』 말미에 있는 미야자키 오사무[2]의 글 「'Y'의 상자」).

우리는 직접 그 사람을 알고 있는 것은 아니다. 어디까지나 이바라기 노리코의 눈과 언어를 통해서 드러난 '남편'을 읽은 것이지만 묘사된 그 사람은 대단히 매력적이다. 그 근거를 하나하나 들려면 시 전부를 인용해야만 한다. 그러나 동시에 시에서 보이는 것은 남편뿐만 아니라 이바라기 노리코 자신이다. 남편 안에 그녀가 있다.

그(남편)는 우리들이 막연히 갖고 있는 '이바라기 노리

---

2) 이바라기 노리코의 조카

코는 이러한 시인이다'라는 이미지를 강화할지언정 결코 배반하지 않는다. "서로/ 익숙해지는 건 싫어"라고 했다는 남편의 말은 그대로 이바라기 노리코가 자신의 언어로서 쓸법한 언어이다(「익숙해지다」, p282). 혹은 또 "장난칠 셈으로/ 옛날 당신을 시험한 적이 있었을" 때 화를 냈다는 남편의 분노는 마치 이바라기 노리코의 분노처럼 느껴진다(「시험하지 말라」).

부부라는 것은 거울처럼 서로를 비추는 것일 텐데 이렇게까지 긴밀한 관계를 만들 수 있는 커플이 많지는 않을 것이다. 상대의 육체가 사라짐으로 인해 이 관계는 더욱 시적·관념적으로 더욱 우러나고 정화된 인상을 받는다. 여기에는 시 안에서 타자를 그리는 것 이상의 사태가 발생하고 있다.

이전부터 그 삶의 방식에서 '나'를 삼가는 미덕을 갖추고 있던 시인은 쓰는 방식에서도 그 삶의 방식을 관철했다. 시를 발표할 때에는 공적으로 발표하는 이상 '나私'를 '보편화'하여 '작품'으로서 세우지 않으면 의미가 없다고, 이것은 서법書法이라기보다 윤리적으로 생각하고 있던 것은 아니었을까. 이런 의미에서 이바라기 노리코의 시는 '고백'같은 것으로부터 가장 멀고 '나私'를 쓰더라도 '꺼림칙함'이 없다.

그런데『세월』에는 그것이 있다. 부부라는 극히 사적인 성질이 강한, 말하자면 '밀실'을 쓴 것이므로 생전에 간행되지 않았던 것은 당연하다고 할 수도 있다. 그러나 지금 이 시집을 마주한 우리는 이바라기 노리코가 감추어두고 싶어했던 바로 그 부분에서 실은 깊은 감정이입을 하며 읽고 있다.

「작업멘트」라는 시에서는 "이건 딱 한 번밖에 하지 않을 거니까 잘 들어" 하고, 남편으로부터 '작업멘트'에 속하는 찬사를 받는다. 찬사의 내용은 물론 쓰여 있지 않다. 시는 그 비밀을 두 사람의 대화 사이에 두는 형태로 완결되어 있다. 어떤 말을 들었을까 상상한다. 상상하는 것은 바보같은 짓이라는 생각이 문득 들지만 그래도 조금은 상상해보고 싶다. 언어로는 되었다. 그러나 그것을 말한 쪽도 들은 쪽도 이제 이 세상에는 없는 것이다. 우리에게 영원히 닫혀져 있다. 그 '말'. 이바라기 노리코의 가장 좋은 부분은 그렇게 감추어져 우리에게는 보이지 않는다.

「사랑노래」(p281)라는 시에서는,

　　사랑에 육체는 필요하지 않을지도 모른다

하지만 지금, 애타게 그리는 이 그리움은

육체를 통해서가 아니면

끝내 얻지 못했을 것

라고 쓰고 있다. 의미를 딱 확정하곤 했던 이바라기 노리
코는 이 시집 속에서 상당히 비틀거리며 흔들린다. 「달
빛」이라는 시에는 불길한 이미지가 드러난다. 시 전문을
인용한다.

어느 여름

시골스런 온천에서

목욕 뒤 선잠에 든 당신에게

교교한 보름달 맑디 맑고

사위 모두 물속처럼 고요

달빛을 받으며 잠들어서는 안된다

불길하다

어디에서 내려오는 구전이었을까

뭐에서 읽었던 것이었을까

문득 머리를 스쳐갔지만

밀치지도 않고

문을 닫지도

얼굴을 덮어두지도 않았다

그저, 푹 잠자게 두고 싶어서

그게 잘못이었을까

지금도

눈에 떠오르는

창백한 빛을 받으며

잠들어 있던

당신의 콧대

뺨

유카타浴衣

맨발

 달빛을 받으며 잠들어 있는 '남편'은 이미 죽어버린 것처럼 고요하다. 선잠에서 이윽고 눈을 뜨리라는 걸 알고 있더라도 독자에게는 '죽음'을 만졌다는 감촉이 차분하게 전달된다. 시의 언어가 이미 사라져버린 뒤에 남는 것은 달빛을 받고 누워있던 한 남자의 모습이다. 그는 달빛이라는 시신詩神에게 바쳐진 희생제물같다. 이바라기는 시 속에서 자책에 사로잡혀 있다. 과도한 읽기일지도 모르지만, 그녀는 '시'와 '생활' 사이에 있고 때로 '시'에 기울었기 때문에 한 순간 남편을 달빛 속에 방치해버린 것을 후회하고 있는 것처럼도 보인다.

간행된 순서는 거꾸로이지만, 이것과 '짝'을 이루는 관계를 염두에 두고, 만년의 시집 『기대지 않고』를 읽어야 할 것이다.

　더 이상
　맹목적인 사상에는 기대고 싶지 않다

라고 시작되는 「기대지 않고」(p258)는 기분 좋은 리듬을 그리면서 기운찬 소리로 끝난다. 흔히 대표작처럼 간주되지만 나는 조금 아쉽다는 생각이 든다. 이바라기 노리코의 본령은 좀더 다른 곳에서 찾아야한다고 생각하므로.

남편을 여읜 뒤 생애 처음으로 혼자살기가 시작되었다. 그로부터 오랜 세월 '기대지 않고'라기보다 그것은 '기댈 수 없다'는 결심의 나날이었을지도 모른다. 강직하게 보이는 그 자세만을 끄집어내어 비평하기 전에 시 안으로 좀 더 파고들어 생각해보자. 이바라기 노리코는 약함을 지닌 한 명의 사람이었다. 다만 그 약함을 숨겼던 것이다. 생활에서도 표현에서도 약함을 드러내려고 하지는 않았다. 그러고 있는 동안 그 자세가 조개껍질처럼 단단해져 마치 그녀를 감싸기라도 하듯 작품의 스타일이 되었다는 느낌이 드는 것이다. 시와 인격이 딱 조화를 이루고 있으므로 그것을 쉽사리 떼어낼 수 없다. 나도 이 문장 안에서 시에 대해서 쓰면서 삶의 방식에 대해서도 언급해버렸다. 그녀의 시에는 그러한 특징이 있다.

시집 『기대지 않고』에서는 「그 사람이 사는 나라」(p238) 한 편이 정말로 이바라기 노리코답다. 그 사람이란 한국의 여성시인. 이바라기는 깊히 교류하여 서로의 집을 방문했다. "당신과는 좋은 친구가 될 수 있다"고 그 사람은 말한다. 왠지 나도 덩달아 기뻐진다. 서로 충분히 성숙한 뒤에 얻게 된 동성同性의 친구 관계. '그 사람'이라는 본래 멀리 떨어진 연인을 부르는 듯한 말로 여성 친구에게 말을 건다. 인간관계를 쌓아갈 때 이 시인은 상대의 성별이나 국가를 넘어 '인간'이라는 틀에서 파악하는 듯하다.

온돌방의 따뜻함이 나오는데, 한국에 간 적이 없는 사람도 이 '온돌'이라는 부드러운 울림에서 체온의 따뜻함을 상상할 수 있지 않을까.

시의 중반에는 이렇게 쓰여 있다.

눈사태처럼 쏟아지는 보도도, 흔해빠진 통계도

곧이곧대로 받아들이지는 않는다

나 나름의 조정이 가능하다

지구 이곳저곳에서 이런 일이 일어나고 있겠지

각각의 경직된 정부 따위 제쳐두고

한 사람과 한 사람의 사귐이

작은 회오리바람이 되어

중국이나 한국과의 관계가 다시 복잡해진 현재, 나도 같은 생각이다. 이념으로서는 참으로 옳은 말이지만 옳은 말만큼 실천하기 어려운 것이 없다. 개인과 개인이 회오리바람을 일으킬 만큼 관계를 깊게 하려면 상대를 알려고 계속 노력하는 정열과 무엇보다 시간이 필요하다. "일본어와 한국어를 섞어가며/이런저런 살아온 이야기를 나누며" 이바라기는 관계를 정성스레 키운다.

이바라기 노리코가 한글을 배우려 씨름한 것은 연보에 따르면 남편을 여읜 이듬해. 50세부터 시작된다. 시집 『촌지寸志』는 한글을 배우는 도중에 간행된 것인데 그 안에 「이웃나라 말의 숲」이라는 시 한 편이 있어 말을 배우는 이바라기의 모습을 엿볼 수 있다. "입구 언저리에서는/ 신나서 들떠 있었다". 전중파戰中派 세대에 해당되는 이바라기 노리코에게 일본과 중국·한국의 관계는 전쟁을 빼고서 생각할 수 없는 것이었다. 다음은 시의 중반에 해당되는 3연째부터의 발췌.

    지도 위 조선국에 새까맣게 먹을 칠하면서 가을바람을
    듣는다
    다쿠보쿠[3]의 메이지43년 노래
    일본어가 예전에 내쫓으려 했던 이웃나라 말
    한글[4]
    ^{ハングル}
    없애려 해도 결코 없어지지 않았던 한글^{ハングル}
    용서하십시오^{ヨンソ}   용서하십시오^{ハシプシオ}
    땀을 뻘뻘 이번에는 이쪽이 배울 차례입니다
    굳센 알타이어계의 한 정수에—
    조금이라도 다가가고싶어서
    온갖 노력을 기울여
    그 아름다운 언어의 숲에 들어갑니다

---

3) 이시카와 다쿠보쿠(石川啄木, 1886~1912)는 메이지기의 시인·소설가이다. '지도 위/ 조선국에/ 새까맣게/ 먹을 칠하면서/ 가을바람을 듣는다'는 다쿠보쿠가 1910년(메이지 43년)에 쓴 시 「9월 밤의 불평」에서 가져온 것이다.
4) 일본어로 읽는 방식(후리가나)이 달려있고 고딕체로 적힌 한글과 용서하십시오는 원 시에도 한글로 적혀있다.

이윽고 이 노력은 조금씩 풍성한 과실이 되어 열매맺기 시작한다. 이바라기 노리코 번역으로 읽는 『한국현대시선韓国現代詩選』(가신샤花神社). 여기에서 나는 강은교의 「숲」을 비롯하여 좋은 시를 여럿 발견할 수 있었다. 어학의 괴로움과 수고를 아는 사람이라면 이 과정이 얼마만큼 머나먼 여정이었는지 알 것이다. 게으른 나를 예로 드는 것은 바로같은 짓이지만 예전에 나도 몇 번인가 한국에 갔고 그 때마다 한글에 매혹되어 공부했다. 그러나 언제나 3개월을 채우지 못했다. 중도포기. 다시 릴케의 『말테의 수기』에 있었던 '벌처럼 꿀과 의미를 모으는' 시인의 이미지가 이바라기에게 포개진다.

뭔가 강한 동기부여가 없으면 어학을 계속하기는 어렵다. 그녀를 몰아붙였던 것은 도대체 어떤 열정이었을까. 그저 한국시를 번역하고 싶다든지 이 나라에 흥미가 있기때문이라든지, 그러한 것으로는 따라잡지 못한다. 더욱 크고 복합적인 힘이 작용하고 있었던 것은 아닐까. 한 가지는 배울 수 있는 좋은 시절, 젊고 아름다운 시절이 전쟁으로 희생되었다는 사정이 있을 터이다. 이바라기 노리코 내부에는 갈망이 있었다고 생각한다. 그리고 아마도 인내심 강한 자질. 언제나 이 사람은 뚜벅뚜벅 혼자서 계속 배웠던 것이다.

전쟁, 종전, 가족의 죽음 — 커다란 변화가 있어도 거기에 딱딱하게 굳어져버리는 것이 아니라 늘 움직이고, 변화하고, 흘러가는 것. '살아있는 탄성'이라고 부를 만한 것이 이바라기 노리코와 그의 시에도 풍부하게 있고 그것이 사람과 작품을 빛나게 했다.

그리고 다시 최초의 시집 『대화』로 돌아가면 「한 번 본 것—1955년 8월 15일을 위해」라는 시에 문득 눈이 멈춘다. 역사는 움직여간다. 옛날 학교에서 배웠던 것보다 자신의 육안으로 본 것을 근거로 삼아 살아가자는 시다. 끝부분의 4연을 인용한다.

모든 것은 움직이는 것이고

모든 것은 깊은 그늘이 있어

무엇 하나 믿어버려서는 안되는

것이고

잡동사니 속에 어마어마한 캐럿의

보석이 묻혀

역사는 볼 만한 무엇인가였다

여름 풀 무성한 불탄 자리에 웅크리고

젊었던 나는

안구를 하나 주웠다

원근법의 측정이 확실한

차갑고, 산뜻한!

단 하나의 획득품

해와 함께 깨달은

이 무기는 멋지고 값비싼 무기

입맛을 다시며 나는 살아가리라!

　전쟁이 끝나고 이 시인 안에서 자신의 눈으로 사물을
보고 살아가려는 잡초 같은 욕망이 끓어올라온 것이라
생각한다. 그렇다, 이 '살아가리라!'라는 제 목소리는 만
년에 이르기까지 이바라기 노리코의 몸을 관통하고 있
었다. 그리고 그것은 민족의 차이를 넘어, 하나의 인간과
하나의 인간으로서 서로 이어지고 싶다는 이상주의적인
바람이 되어 몇 개의 시 속에 결정을 이루었다. "어딘가
아름다운 마을은 없는가"라고 시작되는 「6월」(p53)은 많

은 사람에게 애송되는 시로 거기에 쓰여 있는 '마을'은 어떻게 읽더라도 일본 국내의 '마을'로 한정되는 것은 아니다. 더욱 추상적이고 더욱 공동적인, 국가라는 개념을 넘어선 집락集落이다.

여기서 『진혼가』에 실린 「류렌런 이야기」(p91)를 언급하지 않을 수 없다. 1944년 일본군에 잡혀 홋카이도 우류군의 탄갱炭坑까지 강제연행되었고 혹독한 노동에 종사하게 된 중국인 류렌런을 그린 서사시이다. 변소 구멍을 오물범벅으로 기어올라가 탈주하여 13년을 산중에서 계속 도망치다 일본인 사냥꾼에게 발견된 그는 모국으로 돌아가 처자와 재회한다. 오노다 히로[5] 씨같은 사람이 중국에도 있었던 것이다. 장시이지만, "고향의 검은 흙을 한 움큼 혀끝으로 맛보았다" 등 시의 표현이 간결해서 더욱 가슴에 흘러들어오는 슬픔과 분노가 있다.

이러한 서사시는 쓰여진 일 자체가 드물지만 시를 지탱하고 있는 것은 왠지 꼭 써야만 한다는 강력한 동기이고 나는 여기에서 한글을 계속 배운 강한 동기와 비슷한 종류의 열정을 느낀다. 이바라기 노리코에게는 정치 이

---

[5] 오노다 히로(小野田寛郎, 1922~2014)는 제2차세계대전에서 일본이 패망한 사실을 모르고 필리핀 정글에서 30년간 숨어살아가 뒤늦게 일본에 돌아온 사람이다.

전에 국가를 넘어 한 인간의 슬픔에 반응하고 거기에 빙의하는 능력이 있었다.

능력이 발휘될 때 이바라기 노리코의 '나'는 타자와 일체화되어 모습을 지운다. 그리고 타자 안에 '비치는' 형태로 서서히 그 모습을 보인다. 「보이지 않는 배달부」(p40)라는 시도 있었지만 그 '배달부'야말로 다름아닌 '시인'이고, '시인'이라는 것은 본래 보기가 힘들다. 새삼스레 말할 것까지도 없지만 이바라기 노리코는 '시인'이었다. 노력해서라기보다 자연스레 그렇게 된 것처럼, 세상의 경쟁이나 본류에서 몸을 멀리하고 겉으로는 나오지 않아, 사람을 평가하는 입장은 물론 평가받는 자리도 피하며 어디까지나 자신의 페이스로 시와 마주했다.

여기까지 많은 시를 읽어왔다. 끝으로 왠지 뭔가 잊어버린 듯한 기분이 들어 떠올린 것은 「어떤 존재」(p228)라는 작품이다. 쓸쓸한 피리소리가 지금도 들려오는 듯하여 나는 묘하게 좋아하는 것이다.

커다란 나무 밑동에

알몸을 숨기고

삐삐 피리를 불고 있는 사람

머리에 뿔이 난 이 '반신반수의 여윈 생물'이 '내 안 어딘가에 살고 있다'고 말한다.

  추하고
  쓸쓸하고
  그리운 존재
  음색만으로, 사람들과 이어진 존재

내게는 점점 이 피리부는 이가 이바라기 노리코로 여겨지는 것이다. 예전에 어느 책인지 잡지에서 이바라기 노리코의 사진을 많이 보았다. 그 때 그 맑고 차가운 미모에 놀라, 시단의 '하라 세쓰코[6] 다' 하며 흥분했었다. 그러므로 이 시의 '추하고 쓸쓸한 피리부는 이 이미지'는 그녀에게 포개지지 않는다고 생각하는 사람이 있을지도 모른다. 하지만 지금 시인은 육체를 벗어나고 얼굴 생김새를 벗어나 이러한 '존재 자체'가 되었다. 그런 식으로 생각하고 싶다. 어쩌면 '이제, 이바라기 노리코라는 이름도

---

6) 하라 세쓰코(原節子, 1920~2015)는 20세기 일본을 대표하는 여배우로 ≪만춘≫(1949), ≪동경이야기≫(1953) 같은 작품에 출연했다. 오즈 야스지로 영화를 상징하는 착한 딸, 착한 며느리로서의 모습을 보여주어서 '영원한 성처녀' 라는 이미지로 유명했다.

필요없어'라고 본인은 말할지도 모른다.

스크랩북에 있었다는 작품에 「시」(p311)라는 제목이 붙은 게 한 편 있다. 말미의 5행은 다음과 같다.

시인의 업적은 녹아든 것이다

민족의 피 속에

이것을 발견한 것은 누구? 따위 묻는 사람도 없이

사람들의 감수성 자체가 되어

숨쉬고, 흘러간다

내 귀에는 들려온다. 이바라기 노리코의 시의 언어가 때로 쓸쓸한 피리소리로, 때로는 유달리 맑은 물소리를 내며 우리들의 핏속을 조용히 흘러가는 것이.

2014년 12월

고이케 마사요[7]

---

7) 고이케 마사요(小池昌代, 1959~)는 일본의 시인·소설가이다. 한국어로도 몇 권의 시집이 번역되어있다.

역자 후기

인연

　AK커뮤니케이션즈에서『이바라기 노리코 시집』(다니카와 슌타로 고름) 번역의뢰를 받았을 때, 내가 아래 세 책의 역자이기 때문에 이런 의뢰가 왔을 거라 짐작했다.

- 이바라기 노리코『시의 마음을 읽다 ― 시인이 읽어주는 40여 편의 시』, 에쎄, 2019.
- 다니카와 슌타로『시를 쓴다는 것 ― 일상과 우주와 더불어』, 교유서가, 2015.
- 이즈쓰 도시히코『이슬람 문화 ― 그 밑바탕을 이루는 것』, AK커뮤니케이션즈, 2018.

　『시의 마음을 읽다』를 번역하면서 느낀 바, '높고 맑은 정신의 소유자'인 이바라기 노리코의 시를 더할 나위 없이 자세히 읽을 기회를 놓치고 싶지 않아 얼른 수락했다.

지난한 번역과정 ―「뒤처진 자」의 경우

시 「뒤처진 자」를 번역하는 과정에서 어쩔 수 없이 한국어와 일본어에서 한자가 빚어내는 풍경의 차이에 대해 고민할 수밖에 없었다. 「뒤처진 자」(p203)의 시작은 이렇다.

오치코보레落ちこぼれ

　　　화과자 이름에 붙이고 싶어지는 부드러움

뒤처진 자오치코보레

　　　지금은 자조적이거나 능력없는 사람이라는 의미

'뒤처진 자'는 일본어 '오치코보레落ちこぼれ'를 번역한 것이다. 처음에는 '낙오자'라고 번역했다. '오치코보레'를 일한사전에서 찾으면 1번 뜻으로 '(쌀·곡식 등이) 떨어져 흩어져 있는 것, 또는 그 떨어진 것'이라는 설명이 나온다. 그러면 번역어로 한자어로는 '낙수落穗(추수 후 땅에 떨어져 있는 이삭)' 순우리말로는 '이삭'을 선택할 수 있겠다. ('화과자 이름에 붙이고 싶어지는 부드러움'을 고려하면 '이삭' 쪽이 좋을 듯하다) 그런데 시를 보면 바로 밑에 '지금은 무얼 잘못 만들거나 스스로 비웃을 때 쓰는 말'이라 한다. '오치코보레'의 2번 뜻이 '나머지, 찌꺼기'이고 3번 뜻이 '(비유적으로) 낙오

자'이다. 한국어로는 '낙수, 이삭, 나머지, 찌꺼기, 낙오자'
라고 분화된 것을 일본어 '오치코보레'는 모두 아우르고
있다. 별 뾰족한 수가 없으므로 '낙오자'라는 번역어를 선
택하고 말았지만 '화과자 이름에 붙이고 싶어지는 부드러
움'이라는 구절은 수수께끼로 남게 된다. '어째서 일본사
람들은 낙오자라는 단어에서 그런 느낌을 받는 걸까'.

'오치코보레'는 '오치루(떨어지다)'와 '코보레루(넘치다, 흘
어지다, 새어나오다)'의 합성어인데 '코보레루'라는 단어는
'어느 일정한 범위를 벗어나거나 넘어서다'라는 뉘앙스
이고, 그것의 방향은 꼭 나쁜 쪽으로 한정되어 있지 않
다. 예컨대 '꽃이 흐드러지게 피다, 만발하다'라는 뜻인
'사키코보레루(さきこぼれる)' 같은 단어를 들 수 있다. 아
무튼 이런 사정으로 한자어가 아닌 순수일본어이고 추수
의 이미지와 연관된 '오치코보레'는 한국어판에서 한자
어로 더구나 '낙오자落伍者'라는 군대나 전쟁과 연관된 단
어로 번역될 위기에 놓였다. 번역을 끝낸 뒤에도 계속 찜
찜하던 차에, 편집자가 '뒤처진 자'라는 대안을 제시했고
나는 얼른 받아들였다.

번역하면서 아래 세 권의 기번역 시집을 참고했다.

- 성혜경 옮김『여자의 말』, 달아실, 2019.
- 정수윤 옮김『처음 가는 마을』, 봄날의책, 2019.
- 윤수연 옮김『이바라기 노리코 시집』, 스타북스, 2019.

특히 주석을 다는데 성혜경 번역본에서 많은 도움을 받았다. 기번역 시집에 실리지 않은, 이번 역서에서 초역한 시들의 경우, 선문대 국문과대학원의 동학同學이자 원어민인 우시지마 요시미 씨에게 도움을 요청하여 감수를 받았다. 그럼에도 엉뚱한 번역이 있다면 오로지 역자의 잘못이겠다.

서준식의 번역으로 읽는「6월」

'서경식의 시'라는 한겨레신문 칼럼에 서준식이 번역한「6월」(p53)이 실려 있어 소개한다.

어딘가 아름다운 마을은 없을까
하루 일을 끝낸 뒤 한잔의 흑맥주
괭이 세워 놓고 바구니를 내려놓고
남자도 여자도 큰 맥주잔 기울이는

어딘가 아름다운 거리는 없을까
과일을 단 가로수들이
끝없이 이어지고 노을 짙은 석양
젊은이들 다감한 속삭임으로 차고 넘치는

어딘가 아름다운 사람과 사람의 힘은 없을까
같은 시대를 더불어 살아가는
친근함과 재미 그리고 분노가
날카로운 힘이 되어 불현듯 나타나는

　현대 일본의 여성 시인 이바라기 노리코의 '6월'. 내가
이 시를 처음 읽은 것은 중학교 2학년 때, 반세기도 더 지
난 옛날이다. 중학생 시절의 나는 이 시에 그려진 '유토
피아'(그것도 노동하는 남녀의 유토피아) 이미지에 매료당했다.
"과일을 단 가로수"들이 늘어선 거리란 바로 식민지배로

부터 해방된 조선 민중이 그리던 꿈이기도 했을 것이다.

그로부터 10년 정도 지난 뒤 모국 유학 중에 군사정권에 의해 투옥당한 형(서준식)에게 『이바라기 노리코 시집』을 넣어주었더니, 형은 이 시에 각별한 애착을 느낀 듯 자신이 이 시를 번역해서 옥중에서 쓴 편지에 적어 보냈다. 가장 험악했던 군사독재 시절에 이 '유토피아' 이미지가 한국 옥중의 젊은이에게 전달됐던 것이다. 그 소식을 당시 일면식도 없었던 시인에게 전했더니, 그는 굳이 내가 사는 교토까지 찾아와 주었다. 처음 만난 그 사람은 상큼했다[1].

군말을 붙이자면, 서준식의 번역을 참조하여 역자의 번역을 수정할 수도 있었지만, 그러지 않았다. '개발 도상' 중인 역자의 번역과, '수준이 훨씬 높은先進' 서준식의 번역을 비교해서 볼 수 있는 기회를 독자에게 제공하고 싶었다.

더욱 높은 수준의 번역자가 이바라기 노리코의 다른

---

[1] 2016-01-22 기사. 서준식의 번역은 『서준식 옥중서한 1971~1988』(노사과연, 2008)의 「1982년 7월 31일에 보낸 편지」(250~252면)에서도 확인할 수 있다.

작품을 소개할 날이 오길 바라며, 또한 역자의 이번 작업이 그 날로 가는 길에 놓인 작은 디딤돌이라도 되기를 바란다.

2023년 조영렬

이바라기 노리코 간략연보

- 1926년 : 6월 12일, 오사카 회생병원에서 아버지 미야자키 히로시와 어머니 마사루의 장녀로 태어나다.
- 1928년(2세) : 남동생 에이이치 태어나다.
- 1931년(5세) : 의사인 아버지의 전근에 따라 교토로 이사하다. 교토 시모우사 유치원에 들어가다.
- 1932년(6세) : 아이치 현 사이오초(현, 니시오시)로 이사하다.
- 1933년(7세) : 아이치 현 니시오 소학교 입학.
- 1937년(11세) : 소학교 5학년 재학중 중일전쟁 일어나다.
- 12월, 생모 마사루 사망.
- 1939년(13세) : 아이치 현립 니시오 여학교 입학.
  두 번째 어머니, 노부코를 맞이하다.
- 1941년(15세) : 여학교 3학년 재학중 태평양전쟁 일어나다.
- 1942년(16세) : 부친, 아이치현 하즈군 기라초(현, 니시오시 기라초) 요시타에서 병원을 개업. 기라초에 이사하다.
  1943년(17세) : 제국여자 의학약학이학 전문학교(현, 도호東邦대학 약학부)에 입학.
  6월, 야마모토 이소로쿠[1] 원수의 국장國葬에 1학년 전원 참가.
- 1945년(19세) : 학도동원으로 당시 도쿄 세타가야구 가미우마上馬에 있었던 해군 요품창[2]에서 일하던 중 패전 방송을 듣는다. 다음날 친구와 둘이서 도카이도 선을 무임승차해서 향리로 돌아간다.
- 1946년(20세) : 4월, 대학 재개. 9월, 조기졸업. 국가시험은 아직 없어 졸업과 동시에 약제사 자격을 얻었다. 자칭 상당한 열등생이었고 공습에 시달

---

1) 야마모토 이소로쿠(山本五十六, 1884~1943)는 일본의 해군 제독으로 1941년 12월 7일의 진주만 공격을 계획하고 함대를 지휘하였다.
2) 요품창(療品廠)은 해군직영 군수공장 중에서 의약품·의료기기 제조를 담당하는 곳이다.

리며 이리저리 도망치기만 했던 학생생활이었으므로, 스스로 부끄러워 이후 약제사 자격은 사용하지 않는다.

9월 21일, 희곡『먼 조상들とほつみおやたち』이 요미우리신문 제1회 희곡 모집에 가작 당선. 선자는 히지카타 요시土方与志, 센다 고레야千田是也, 아오야마 스기사쿠青山杉作, 무라야마 도모요시村山知義 등. 이 전후의 사정은 「스무살의 패전」(가신북스1『이바라기 노리코』에 수록)에 자세하다.

- 1948년(22세) : 7월 30일 NHK라디오 제1방송, 여름 라디오학교(저학년 시간)에서 이바라기의 동화 「꼬마조개 쁘띠큐貝の子プチキュー」를 야마모토 야스에山本安英가 낭독. 동화 「기러기가 올 때雁のくる頃」를 NHK 나고야 라디오에서 방송.

- 1949년(23세) : 의사 미우라 야스노부三浦安信와 결혼. 사이타마현 도코로자와시 오아자 도코로자와 나카초大字所沢仲町 577에 살다.

- 1950년(24세) :『시학詩学』투고란 「시학연구회」에 처음으로 시 「우렁찬 노래いさましい歌」를 투고(선자 무라노 시로村野四郎). 이 때 처음으로 이바라기 노리코를 필명으로 사용(전후 사정은 현대시문고20『이바라기 노리코 시집』의「노」소사小史에 자세하다). 그 뒤 「초조焦燥」(1951), 「혼魂」, 「민중民衆」(1952, 선자 아유카와 노부오, 기하라 고이치, 사가 노부유키, 나가에 미치타로, 고바야시 요시오)을『시학』에 투고.

- 1954년(27세) : 5월, 마찬가지로 「시학연구회」에 투고하고 있던 가와사키 히로시川崎洋 씨와 함께 동인시지『노櫂』창간. 이후, 다니카와 슌타로谷川俊太郎·요시노 히로시吉野弘·도모타케 다쓰友竹辰·오오카 마코토大岡信·미즈오 히로시水尾比呂志·기시다 에리코岸田衿子·나카에 도시오中江俊夫 씨가 참가.

- 1955년(29세) : 11월, 첫 번째 시집『대화対話』가 시라누이샤不知火社에서 간행.

- 1956년(30세) : 3월, 신주쿠구 시로가네초 28(가구라자카)에 이사. 5월, 내가 좋아하는 동화(기노시타 준지木下順二)「꼬마조개 쁘띠큐」NHK라디오 재방송.

- 1957년(31세) : 9월,『노 시극 작품집櫂詩劇作品集』(마토바쇼보的場書房)에 「하니와」[3] 수록. 10월『노』해산.

- 1958년(32세) : 2월, 도시마쿠 이케부쿠로 3-1392로 이사. 4월, 시극詩劇

---

3) 하니와(埴輪)는 일본의 고분(古墳) 시대에 고분 둘레에 부장한 점토로 만든 설구이 토기를 가리킨다. 동물모양, 사람모양, 그릇 모양 등 형태가 다양하다.

「우당탕 살구나무 마을杏の村のどたばた」NHK라디오 제1방송. 10월, 주택난으로 인해 도코로자와, 가구라자카, 이케부쿠로를 전전하다가, 호야시 (현, 니시도쿄시) 히가시후시미東伏見 6-2-25에 집을 짓는다. 11월, 시집 『보이지 않는 배달부見えない配達夫』 이즈카쇼텐飯塚書店에서 간행. 11월 「하니와」, TBS라디오 예술가축제참가 드라마 방송.

- 1960년(34세) : 2월, 「어느 15분ある一五分」 NHK라디오 제2방송. 6월, '현대시 모임現代詩の会' 안보 저지 데모.

- 1961년(35세) : 3월, 남편 거미막하 출혈로 입원.

- 1963년(37세) : 4월, 부친 히로시 사망하여 남동생 에이이치가 병원의 뒤를 잇는다.

- 1965년(39세) : 1월 시집 『진혼가鎮魂歌』 시초샤思潮社에서 간행. 12월 『노』 복간.

- 1967년(41세) : 11월, 시인 평전 『노래의 마음에 살았던 사람들うたの心に生きた人々』 사·에·라쇼보さえら書房에서 간행.

- 1968년(42세) : 「내가 가장 예뻤을 때わたしが一番きれいだったとき」(작곡 피트 시거Pete Seeger, 번역 가타기리 유즈루片桐ユズル) CBS 소니 레코드.

- 1969년(43세) : 3월, 현대시문고 『이바라기 노리코 시집茨木のり子詩集』 시초샤思潮社에서 간행. 5월, 아이치현 민화집 『신들린 여우おとらぎつね』[4] 사·에·라쇼보에서 간행.

- 1971년(45세) : 5월, 시집 『인명시집人名詩集』 야마나시 실크센터山梨シルクセンター 출판부에서 간행. 12월, 「노 모임櫂の会」 연작시 시작되다(78년까지).

- 1975년(49세) : 5월 22일, 남편 미우라 야스노부 간장암으로 사망. 11월, 에세이집 『수런거리는 말言の葉さやげ』 가신샤花神社에서 간행.

- 1976년(50세) : 4월, 한국어를 배우기 시작하다.

- 1977년(51세) : 한국에 처음 방문했다. 3월, 시집 『제 감수성 정도는自分の感受性くらい』 가신샤에서 간행.

- 1979년(53세) : 6월, 『노·연작시櫂−連詩』 시초샤思潮社에서 간행. 10월, 이와나미 주니어신서9 『시의 마음을 읽다詩のこころを読む』 이와나미쇼텐岩波

---

4) 원문 'おとらぎつね'는 도카이 지방에서, 홀린 영혼物靈이 된 여우의 이름을 가리키는 말이다

書店에서 간행.

- 1980년(54세) : 11월, 요시오카 시게미吉岡しげ美 음악시집 「여성의 노래 그리고 현재女の詩 - そして現在」(킹레코드)에 「내가 가장 예뻤을 때」「여자아이 행진곡女の子のマーチ」「분노할 때와 용서할 때怒るときと許すとき」「살아있는 것 죽어있는 것生きているもの - 死んでいるもの」「작은 소녀는 생각했다小さな娘が思ったこと」가 수록되었다.
- 1982년(56세) : 12월, 시집 『촌지寸志』 가신샤花神社에서 간행.
- 1983년(57세) : 7월, 현대의 시인7 『이바라기 노리코』 주오코론샤中央公論社에서 간행.
- 1985년(59세) : 6월, 가신북스1 『이바라기 노리코』 가신샤에서 간행.
- 1986년(60세) : 6월, 에세이집 『한글로의 여행ハングルへの旅』 아사히신문사朝日新聞社에서 간행. 한국동화 『신나는 까마귀うかれがらす』(김선경金善慶 저) 지쿠마쇼보筑摩書房에서 번역·간행.
- 1989년(63세) : 3월, 문고본 『한글로의 여행』 아사히문고에서 간행.
- 1990년(64세) : 11월, 번역시집 『한국현대시선韓国現代詩選』 가신샤에서 간행.
- 1991년(65세) : 2월, 『한국현대시선』으로 요미우리문학상 수상. 5월, 한국으로 여행.
- 1992년(66세) : 12월, 시집 『식탁에 커피향 흐르고食卓に珈琲の匂い流れ』 가신샤에서 간행. 영역시집 *When I was at my most beautiful and other poems* 1953~1982 (피터 로빈스, 호리카와 후미코 공역) Skate Press, Cambridge.
- 1993년(67세) : 3월, 도모타케 다쓰友竹辰 사망.
- 1994년(68세) : 8월, 시선집 『여자의 말おんなのことば』 도와야童話屋에서 간행. 9월 문고본 『노래의 마음에 산 사람들うたの心に生きた人々』 지쿠마문고에서 간행. 11월, 에세이집 『하나의 줄기 위에一本に茎の上に』 지쿠마쇼보에서 간행.
- 1996년(70세) : 7월, 증보판 『이바라기 노리코』 가신샤에서 간행. 9월, 시화집 『길어올리다汲む』(우노 아키라宇野亜喜良 그림) 자이로ザイロ에서 간행.
- 1998년(72세) : 12월, 『스무살 무렵二十歳のころ』(다치바나 다카시立花隆 인터뷰집) 신초샤新潮社에서 간행.
- 1999년(73세) : 4월, 시인평전 『야마노쿠치 바쿠가 간다山之口獏さんがゆく』 도와

야에서 간행. 10월 시집, 『기대지 않고倚りかからず』 지쿠마쇼보에서 간행. 11월, 시인평전 『개인의 싸움—가네코 미쓰하루의 시와 진실個人のたたかい－金子光晴の詩と真実』 도와야에서 간행. 12월, CD 「처음 가는 마을」(작곡 사토 도시나오佐藤敏直, 쓰루오카시제鶴岡市制 시행 75주년 기념).

- 2000년(74세) : 4월, 대동맥해리로 인해 공립쇼와병원(고다이라시)에 입원. 동시에 유방암도 발견되어 수술.
- 2001년(75세) : 2월, 시집 『보이지 않는 배달부見えない配達夫』·6월, 시집 『대화』·11월, 시집 『진혼가』 등이 도와야에서 재간.
- 2002년(76세) : 6월, 시집 『인명시집』 도와야에서 재간. 7월 19일, 남동생 에이이치 사망. 8~10월, 『이바라기 노리코집—말의 잎茨木のり子集 - 言の葉』(전3권) 지쿠마쇼보에서 간행.
- 2004년(78세) : 1월, 시선집 『뒤처진 자落ちこぼれ』 리론샤에서 간행. 7월, 대담집 『말이 통하고서야 친구가 될 수 있다言葉が通じてこそ 友だちになれる』(김유홍金裕鴻과 대담) 지쿠마쇼보에서 간행. 10월, 가와사키 히로시川崎洋 사망. 12월, 이시가키 린石垣りん 사망.
- 2006년(79세) : 2월 17일, 거미막하출혈로 인해 히가시후시미의 자택에서 사망. 향년 79세. 19일, 통화가 되지 않아 방문한 조카 미야자키 오사무가 발견. 유지遺志에 따라 장례식·추도회는 열지 않았고, 생전에 준비해 둔 편지가 친한 친구·지인에게 발송된다. 4월, 남편의 유골이 있는 쓰루오카시 조센지 절(야마가타 현 쓰루오카시 가모아자오쿠즈레 325)에 있는 미우라 집안의 묘지에 납골. 『사색의 연못에서—시와 철학의 듀엣思索の淵にて－詩と哲学のデュオ』(하세가와 히로시長谷川宏와 공저) 긴다이슛판近代出版에서 간행. 6월, 그림책 『꼬마조개 쁘띠큐』(야마우치 후지에 그림) 후쿠인칸쇼텐에서 간행.
- 2007년 : 2월, 시집 『세월』 가신샤에서 간행. 4월, 시인평전 『지에코와 살았다—타카무라 고타로의 생애智恵子と生きた - 高村光太郎の生涯』[5], 시인평전 『넌 죽지 말아라—요사노 아키코의 진실한 모성君死にたもうことなかれ - 与謝野晶子の真実と母性』 도와야에서 간행. CD 「류렌런 이야기」(사와 도모에沢知恵 노래) 코스모스 레코드.
- 2008년 : 1월, 시선집 『여자가 혼자 턱을 괴고女ひとり頰杖をついて』 도와야에서 간행.

---

5) 다카무라 지에코(高村智恵子, 1886~1938)는 서양화가로 다카무라 고타로의 아내였다.

- 2009년 : 10월, 「시인 이바라기 노리코의 선물 - 야마우치 후지에가 그린 『꼬마조개 쁘띠큐』 그림책 원화의 세계」 야마가타현 쓰루오카시, 지도박물관에서 개최.
- 2010년 : 7~9월, 「이바라기 노리코전 - 내가 가장 예뻤을 때」 군마현린 쓰치야문명 기념문학관에서 개최. 10월, 『이바라기 노리코 전시집茨木のり子全詩集』(미야자키 히로시宮崎治 편) 가신샤에서 간행.

작성 미야자키 히로시

IWANAMI 080

이바라기 노리코 선집

초판 1쇄 인쇄 2023년 4월 10일
초판 1쇄 발행 2023년 4월 15일

지은이 : 이바라기 노리코
엮은이 : 다니카와 슌타로
옮긴이 : 조영렬

펴낸이 : 이동섭
편집 : 이민규
책임편집 : 정철
디자인 : 조세연
표지 디자인 : 공중정원
영업·마케팅 : 송정환, 조정훈
e-BOOK : 홍인표, 최정수, 서찬웅, 김은혜, 정희철
관리 : 이윤미

㈜에이케이커뮤니케이션즈
등록 1996년 7월 9일(제302-1996-00026호)
주소 : 04002 서울 마포구 동교로 17안길 28, 2층
TEL : 02-702-7963~5   FAX : 02-702-7988
http://www.amusementkorea.co.kr

ISBN 979-11-274-6087-7 04830
ISBN 979-11-7024-600-8 04080 (세트)

IBARAGI NORIKO SHISHU
selected by Shuntaro Tanikawa
Text copyright © 2014 by Osamu Miyazaki
Editorial copyright © 2014 by Shuntaro Tanikawa
Originally published in 2014 by Iwanami Shoten, Publishers, Tokyo.
This Korean print edition published 2023
by AK Communications, Inc., Seoul
by arrangement with Iwanami Shoten, Publishers, Tokyo

지성과 양심 이와나미岩波 시리즈

001 이와나미 신서의 역사   가노 마사나오 지음 | 기미정 옮김
이와나미 신서의 사상·학문적 성과의 발자취

002 논문 잘 쓰는 법   시미즈 이쿠타로 지음 | 김수희 옮김
글의 시작과 전개, 마무리를 위한 실천적 조언

003 자유와 규율   이케다 기요시 지음 | 김수희 옮김
엄격한 규율 속에서 자유의 정신을 배양하는 영국의 교육

004 외국어 잘 하는 법   지노 에이이치 지음 | 김수희 옮김
외국어 습득을 위한 저자의 체험과 외국어 달인들의 지혜

005 일본병   가네코 마사루, 고다마 다쓰히코 지음 | 김준 옮김
일본의 사회·문화·정치적 쇠퇴, 일본병

006 강상중과 함께 읽는 나쓰메 소세키   강상중 지음 | 김수희 옮김
강상중의 탁월한 해석으로 나쓰메 소세키 작품 세계를 통찰

007 잉카의 세계를 알다   기무라 히데오, 다카노 준 지음 | 남지연 옮김
위대하고 신비로운 「잉카 제국」의 흔적

008 수학 공부법   도야마 히라쿠 지음 | 박미정 옮김
수학의 개념을 바로잡는 참신한 교육법

009 우주론 입문   사토 가쓰히코 지음 | 김효진 옮김
물리학과 천체 관측의 파란만장한 역사

010 우경화하는 일본 정치   나카노 고이치 지음 | 김수희 옮김
낱낱이 밝히는 일본 정치 우경화의 현주소

011 악이란 무엇인가   나카지마 요시미치 지음 | 박미정 옮김
선한 행위 속에 녹아든 악에 대한 철학적 고찰

012 포스트 자본주의   히로이 요시노리 지음 | 박제이 옮김
자본주의·사회주의·생태학이 교차하는 미래 사회상

013 인간 시황제 쓰루마 가즈유키 지음 | 김경호 옮김
기존의 폭군상이 아닌 한 인간으로서의 시황제를 조명

014 콤플렉스 가와이 하야오 지음 | 위정훈 옮김
탐험의 가능성으로 가득 찬 미답의 영역, 콤플렉스

015 배움이란 무엇인가 이마이 무쓰미 지음 | 김수희 옮김
인지과학의 성과를 바탕으로 알아보는 배움의 구조

016 프랑스 혁명 지즈카 다다미 지음 | 남지연 옮김
막대한 희생을 치른 프랑스 혁명의 빛과 어둠

017 철학을 사용하는 법 와시다 기요카즈 지음 | 김진희 옮김
'지성의 폐활량'을 기르기 위한 실천적 방법

018 르포 트럼프 왕국 가나리 류이치 지음 | 김진희 옮김
트럼프를 지지하는 사람들의 생생한 목소리

019 사이토 다카시의 교육력 사이토 다카시 지음 | 남지연 옮김
가르치는 사람의 교육력을 위한 창조적 교육의 원리

020 원전 프로파간다 혼마 류 지음 | 박제이 옮김
진실을 일깨우는 원전 프로파간다의 구조와 역사

021 허블 이에 마사노리 지음 | 김효진 옮김
허블의 영광과 좌절의 생애, 인간적인 면모를 조명

022 한자 시라카와 시즈카 지음 | 심경호 옮김
문자학적 성과를 바탕으로 보는 한자의 기원과 발달

023 지적 생산의 기술 우메사오 다다오 지음 | 김욱 옮김
지적인 정보 생산을 위한 여러 연구 비법의 정수

024 조세 피난처 시가 사쿠라 지음 | 김효진 옮김
조세 피난처의 실태를 둘러싼 어둠의 내막

025 고사성어를 알면 중국사가 보인다
이나미 리쓰코 지음 | 이동철, 박은희 옮김
중국사의 명장면 속에서 피어난 고사성어의 깊은 울림

026 수면장애와 우울증 시미즈 데쓰오 지음 | 김수희 옮김
우울증을 예방하기 위한 수면 개선과 숙면법

027 아이의 사회력　가도와키 아쓰시 지음 | 김수희 옮김
아이들의 행복한 성장을 위한 교육법

028 쑨원　후카마치 히데오 지음 | 박제이 옮김
독재 지향의 민주주의자이자 희대의 트릭스터 쑨원

029 중국사가 낳은 천재들　이나미 리쓰코 지음 | 이동철, 박은희 옮김
중국사를 빛낸 걸출한 재능과 독특한 캐릭터의 인물들

030 마르틴 루터　도쿠젠 요시카즈 지음 | 김진희 옮김
평생 성서의 '말'을 설파한 루터의 감동적인 여정

031 고민의 정체　가야마 리카 지음 | 김수희 옮김
고민을 고민으로 만들지 않을 방법에 대한 힌트

032 나쓰메 소세키 평전　도가와 신스케 지음 | 김수희 옮김
일본의 대문호 나쓰메 소세키의 일생

033 이슬람문화　이즈쓰 도시히코 지음 | 조영렬 옮김
이슬람 세계 구조를 지탱하는 종교·문화적 밑바탕

034 아인슈타인의 생각　사토 후미타카 지음 | 김효진 옮김
아인슈타인이 개척한 우주의 새로운 지식

035 음악의 기초　아쿠타가와 야스시 지음 | 김수희 옮김
음악을 더욱 깊게 즐기는 특별한 음악 입문서

036 우주와 별 이야기　하타나카 다케오 지음 | 김세원 옮김
거대한 우주 진화의 비밀과 신비한 아름다움

037 과학의 방법　나카야 우키치로 지음 | 김수희 옮김
과학의 본질을 꿰뚫어본 과학론의 명저

038 교토　하야시야 다쓰사부로 지음 | 김효진 옮김
일본 역사학자가 들려주는 진짜 교토 이야기

039 다윈의 생애　야스기 류이치 지음 | 박제이 옮김
위대한 과학자 다윈이 걸어온 인간적인 발전

040 일본 과학기술 총력전　야마모토 요시타카 지음 | 서의동 옮김
구로후네에서 후쿠시마 원전까지, 근대일본 150년 역사

041 밥 딜런 유아사 마나부 지음 | 김수희 옮김
시대를 노래했던 밥 딜런의 인생 이야기

042 감자로 보는 세계사 야마모토 노리오 지음 | 김효진 옮김
인류 역사와 문명에 기여해온 감자

043 중국 5대 소설 삼국지연의 · 서유기 편 이나미 리쓰코 지음 | 장원철 옮김
중국문학의 전문가가 안내하는 중국 고전소설의 매력

044 99세 하루 한마디 무노 다케지 지음 | 김진희 옮김
99세 저널리스트의 인생 통찰과 역사적 증언

045 불교입문 사이구사 미쓰요시 지음 | 이동철 옮김
불교 사상의 전개와 그 진정한 의미

046 중국 5대 소설 수호전 · 금병매 · 홍루몽 편 이나미 리쓰코 지음 | 장원철 옮김
「수호전」, 「금병매」, 「홍루몽」의 상호 불가분의 인과관계

047 로마 산책 가와시마 히데아키 지음 | 김효진 옮김
'영원의 도시' 로마의 거리마다 담긴 흥미로운 이야기

048 카레로 보는 인도 문화 가라시마 노보루 지음 | 김진희 옮김
인도 요리를 테마로 풀어내는 인도 문화론

049 애덤 스미스 다카시마 젠야 지음 | 김동환 옮김
애덤 스미스의 전모와 그가 추구한 사상의 본뜻

050 프리덤, 어떻게 자유로 번역되었는가 야나부 아키라 지음 | 김옥희 옮김
실증적인 자료로 알아보는 근대 서양 개념어의 번역사

051 농경은 어떻게 시작되었는가 나카오 사스케 지음 | 김효진 옮김
인간의 생활과 뗄 수 없는 재배 식물의 기원

052 말과 국가 다나카 가쓰히코 지음 | 김수희 옮김
국가의 사회와 정치가 언어 형성 과정에 미치는 영향

053 헤이세이(平成) 일본의 잃어버린 30년 요시미 슌야 지음 | 서의동 옮김
헤이세이의 좌절을 보여주는 일본 최신 사정 설명서

054 미야모토 무사시 우오즈미 다카시 지음 | 김수희 옮김
『오륜서』를 중심으로 보는 미야모토 무사시의 삶의 궤적